清玄说

换个角度
看生活

林清玄——著

江苏凤凰文艺出版社
JIANGSU PHOENIX LITERATURE AND
ART PUBLISHING, LTD

目录

如此生活

——清玄说

微小的事物中也有幸福歡喜

幸福在我

一

生命的幸福原来不在于人的环境、人的地位、人所能享受的物质，而在于人的心灵如何与生活对应。因此，幸福不是由外在事物决定的，贫困者有贫困者的幸福，富有者有其幸福，位尊权贵者有其幸福，身份卑微者也自有其幸福。在生命里，人人都是有笑有泪；在生活中，人人都有幸福与忧恼，这是人间世界真实的相貌。

二

这个世界原来就是相对的世界，而不是绝对的世界，因此幸福也是相对的，不是绝对的。由于世界是相对的，使得到处都充满缺憾，充满了无奈与无言的时刻。但也由于相对的世界，使得我们不论处在任何景况，都还有幸福的可能，能在绝壁之处也见到缝隙中的阳光。

三

我们幸福的感受不全然是世界所给予的，而是来自我们对外在或内在的价值判断，我们的幸福与否，正是由自我的价值观来决定的。

四

孤单和寂寞虽也有它极美的一面，但究竟不是幸福的。只是有时我们细细想来，幸福里如果没有孤单和寂寞的时刻，幸福依然是不圆满的。最好的是，在孤单与寂寞的时候，自己也能品味出那清醒明净的滋味，有时能有一些记忆和相思牵系，才是最幸福的事。

五

众生在生活里的事物就像云水一样，云水如此，只是人不能自卷自舒、遇曲遇直，都保持幸福之状。保有幸福不是什么神通，只看人能不能千眼顿开，有一个截然的面对。

六

"垂丝千尺，意在深潭。"我们若想得到心灵真实的归依处，使幸福有如电灯开关，随时打开，就非时时把品味的丝线放到千尺以上不可。

七

人间的困厄横逆固然可畏，但人在横逆困厄之际，没有自处之道，不能找到幸福的开关才是最可怕的。因为这世界的困境牢笼不光为我一个人打造，人人皆然，为什么有的人幸福，有的人不幸，实在值得深思。

八

幸福常常隐藏在平常的事物中，只要加一点用心，平常事物就会变得非凡、美好、庄严了；只要加一点用心，凡俗的日子就会变得可爱、可亲、可想念了。

九

人生的幸福在很多时候是得自于看起来无甚意义的事，例如某些对情爱与知友的缅怀，例如有人突然给了我们一杯清茶，例如在小路上突然听见水果店里传来一段喜欢的乐曲，例如在书上读到一首动人的诗歌，例如听见田间地头的老妇说了一段充满启示的话语，例如偶然看见一朵酢浆花的开放……

十

人生的幸福来自于自我心扉的突然洞开，有如在阴云中突然阳光显露、彩虹当空，这些看来平淡无奇的东西，是在一株草中看见了琼楼玉宇，是由于心中有一座有情的宝殿。

十一

如果能有较从容的心情、较有情的胸襟，则能把乱麻的线路抽出、理清，看清我们是如何的失落了青年时代对理想的追求，看清我们是在什么动机里开始物质权位的奔逐，然后想一想：什么是我要的幸福呢？我最初所想望的幸福是什么？我波动的心为何不再震荡了呢？我是怎么

清玄说

005

样落入现在这个古井的呢？

十二

我们总是认为相聚是幸福的，离别便不免哀伤。但这幸福是比较而来，若没有哀伤作衬托，幸福的滋味也就不能体会了。

十三

生命的勇气有时是由一些极淡远的幸福所带来的。

十四

当人看到鱼只想到吃，看到树就想要砍，看到大画家画的马也想骑，画的松树只想到盖房子……那么这些人就永远不能拥有鱼的优游、树的雄伟、马的俊逸、松的高奇种种之美，则其所欲弥多，随之苦痛弥甚，还能体会什么真实的快乐呢？

十五

使人生不能自在的，是由于过去习气的绳子拉着我们团团转；使我们不能自由的，是情丝无法斩断。如果能回到脚下，一念不生，就自由自在了。

十六

现代人如何在认清这种实相之后，还能活得自在、积极、愉悦、明朗，同时不失去为理想奋斗的勇气呢？答案就是，与转动的世界处在一种和谐的状态，并能冷静观照到自己的流转，使自己的心性独立于世界，有着独特的精神。

听起来似乎有些晦涩，其实不难明白，就是我们虽然不免在物质上必须活在现实世界，我们也会在现实世界中一天天地老化，但是在精神上我们能超拔出来，以更高的观点看人生，而在心灵的深处不随年纪老去，保持着对世界新鲜而有希望的心情。

昨天的我是今天的我的前进明天的我就是今天的我的本生

好的圍棋要慢慢地下好的
生活歷程要細細品味

丁酉歲賢牛

人生有味

一

茶若相似，味不必如一。但凡茗茶，一泡苦涩，二泡甘香，三泡浓沉，四泡清洌，五泡清淡，此后，再好的茶也索然无味。诚似人生五种，年少青涩，青春芳醇，中年沉重，壮年回香，老年无味。

二

最好的人生是五味俱全，有苦有乐、有泪有笑、有爱有恨、有生有死、有低吟有狂歌、有振臂千仞之岗也有独怆然而泪下，酸、甜、苦、辣、咸，此起彼落。想一想，如果面对一桌没有调味的菜肴，又如何会有深沉的滋味呢？

三

痛苦或死亡是人人所不愿见到或遇到的，但若不能深刻品味痛苦，何尝能找到平安喜乐的滋味？若不能对死亡有所领会，又如何能珍惜活着的时候呢？

四

也许在真实的人生里面，我们回顾过去的点点滴滴，色彩会慢慢褪去，到最后只剩下淡淡的黑白。我们想不出在离别的冬夜中，以前的伴侣穿什么颜色的衣服，只记得在那条暗黑的长巷中，惨白的街灯把影子拉得很长，天气冷得令人畏缩，巷子里只有两条被生活压扁的影子。甚至于，这些生活经过岁月风霜的涤滤，在我们苦痛的梦中，根本是没有颜色的。

五

我们常说人生是多彩多姿的，在我这些年的心境上感觉到人生的色彩是如此薄弱，到最后只留下黑白两色。有时候我们自己拿着调色盘面对这张黑白的画都不知道要怎么上色，踌躇了半天，天色暗了，满天都是白色的繁星，连月光下的大地都是一片黑白的清冷。

六

如果是偶然的，人生不就如同风云雨露吗？

如果是必然的，存在的理由又是什么呢？

那必然的存在，是为了启示我们、成就我们，让我们学习更繁剧的生命课程，以彻底转化我们的心性。

七

对于能不断学习和超越的人，由于转化、启示与成就，所以折磨是好的，受苦也是好的。

八

幸好，人生有离别。

因相聚而幸福的人，离别是好，使那些相思的泪都化成甜美的水晶。

因相聚而痛苦的人，离别最好，雾散云消看见了开阔的蓝天。

可以因缘离散，对处在苦难中的人，有时候正是生命的期待与盼望。

聚与散、幸福与悲哀、失望与希望，假如我们愿意品尝，样样都有滋味，样样都是生命中不可或缺的。

九

生命里的幸福是甜的，甜有甜的滋味。

情爱中的离别是咸的，咸有咸的滋味。

生活的平常是淡的，淡也有淡的滋味。

十

煮雪如果真有其事，别的东西也可以留下，我们可以用一个空瓶把今夜的桂花香装起来，等桂花谢了，秋天过去，再打开瓶盖，细细品尝。

十一

好的围棋要慢慢地下，好的生活历程要细细品味，不要着急把棋盘下满，也不要匆忙地走人生之路。

如果喝茶吃粥時有湛然清明的心其尊貴至高並可通於人間偉大的事功 丁酉歲冬月 牛力畫

世事離戲只有一步之遠
人生離夢也只有一步之遙

丁酉歲静月牛十

人

砥砺人生

一

　　在人生的这一幅画图里，善绘的人，笔笔都是黄金，不会画的人，即使以金泥为墨，也不能作出好画。

二

　　山中的烛火熄了，不仅要照看自己的脚下，还要以自己的眼睛和心灵为灯，小心地走路。这个世界上虽有许多人可以告诉我们远处美丽的风景，却没有一个人能代替我们走茫茫的夜路。只要点燃心中的灯，一心一意地生活下去，便可以展现充实的生命。

三

　　一个人的一生，永远没有愁烦和黑暗时期，是不可能的，每个人在生命中的经验，恰如潮汐波浪，兴起而又衰落。

四

这就像一条毛虫一样，生在野草之中，既不管春花之美，也不管蝴蝶飞过，只是简简单单地吃草，一天吃一点草，一天吃一点露水；上午受一些风吹，下午给一些雨打；有时候有闪电，有时候有彩虹；或者给鸟啄了，或者喂了螳螂。生命只是如是前行，不必说给别人听。只有在心里最幽微的地方，时时点着一盏灯，灯上写两行字：

今日踽踽独行，
他日化蝶飞去。

五

生命的成长、季节的成长也是这样决然的。一个人如果没有全身心投入此刻的融入，真实的发芽就变成不可能。放下一半的自我，不会是全然的自我。一株花如果不用全心来凋谢，就没有足够的养分长出树叶；一粒种子如果不全心地来消失，就不会从内在最深处长出芽来。

六

从远的看，人生行路苍茫，似乎要走很多步；从近的看，生死短促，只在一步之间。在每一步里，脚底都有清凉的风，则每一步都不会错过。

七

这位老师教我们用汉字来记住英文单词，"土堆"就是today，"也是土堆"是 yesterday，而 tomorrow 就理所应当地变成了"土马路"。于是，我记住了这些单词，还明白了一个道理："今天是土堆没关系，昨天是土堆也没关系，只要明天能成为一条土马路就行。"

八

走出巷口，发现黛特台风正在大声呼号，狂风暴雨交织在夜空之中。我想到：这强大的风雨正如人生的风雨，终有清明之时，因为我们看清了风雨的背后有一个广大湛蓝的天空。我们的宝盒虽然零乱，只要一再地检点，总有理清的一天。

九

世事离戏只有一步之远，人生离梦也只有一步之遥。人生如戏却不是戏，没有彩排，不能重来。走好人生路，最重要的是做好现在。

十

人人关于生命的纸都一样，长三尺，宽一尺半，只有一张纸，只有一次机会，写坏了不准涂改，所以我们应该坐下来想一想，再来着墨呀！

十一

一个人有坚强广大的心愿，则因缘虽遥，如风筝系线在手，知其始终；一个人有通向究竟的心愿，则圆满虽远，如地图在手，知其路径，汽车又已加满了油，一时或不能至，终有抵达的一天。

十二

这种命运的线索有迹可循，有可以转折的余地。失去了双脚，还有两手；失去了右手，还有左手；失去了双目，还有清明的心灵；失去了生活凭借，还有美丽的梦想——只要生命不被消灭，一颗热烈的灵魂也就有可能在最阴暗的墙角燃出耀目的光芒。

十三

生命的途程就是一个惊人的国度，没有人能完全没有苦楚地度过一生，倘若一遇苦楚就怯场，一遇挫折就同关斗室，那么，就永远不能将千水化为白练，永远不能合百音成为一歌，也就永远不能达到炉火纯青的境界。

十四

我们生命面对的苦恼不是我们的敌人，而是自己的延伸，应该透过烦恼来认识自我；我们可能遍学一切法门，但必须深入某些法门，来对应生命的决斗；我们应该"无所住而生其心"，因为生活不能如预期，无常也不可预测，如果我们的心执着停滞了，那就是死路一条。

十五

创造力是无所不在的，而且愈用愈出，愈用愈清明，就仿如山林中的泉水一样，凡是真实饮用过创造之泉的人，人世的苦难就好像山中溪泉边的乱石，再多的乱石也不能阻挡泉水的奔流与清澈。

十六

有觉与无感最大的不同，是人生的选择。选择关爱，不选择冷漠；选择喜悦，不选择流泪；选择美善，不选择丑怪；选择给予，不选择劫掠；选择创造，不选择保守；选择自由，不选择束缚；选择成长，不选择凋零……选择一切正向的，不选择一切负向的。选择所有提升的，不选择所有堕落的。我们此刻的心之所向，都会使我们改变航道，迈向解脱。

十七

生命最尊贵的意义原来正在这里：为别人活着，活到忘记自己的痛苦的地步。这别人即使是最亲爱的家人，也总比只为自己活着好得多。

十八

一个人要是为人有好肚肠、长养慈悲心、多几分温柔、讲一些道理、对人守信用、对朋友讲义气、对父母孝顺，行住坐卧诚信不欺、不伤阴德、尽量给人方便，那么这个人算是道德完满的人，还会有什么病呢？人人如此，社会也就无病了。

十九

用不用螫刺在蜜蜂是没有选择的，它明知会死，也要攻击。——有时，人也要面临这样的局面，选择生命而畏缩的人往往失败，宁螫而死的往往成功，因为人是有许多螫刺的。

不管夢是否實現有夢
總是最美的 丁酉歲秋月 牛和寬

追寻梦想

一

我们的梦想很多，生命的抉择也很多，我们常常为了保护自己的翅膀而迟疑不决，丧失了抵达对岸的时机。

二

灵感和梦想都是不可解的，但是可以锻炼，也可以培养。一个人在生命中千回百折，是不是能打开智慧的视境，登上更高的心灵层次，端看他能不能将仿佛不可知的灵感锤炼成遍满虚空的神光，任所翱翔。

三

人要有醒来的志愿，有醒来的勇气与决心，才不会永远在梦里沉沦而不自知呀！

一个人不管处在任何环境，都要坚持心灵深处的某些质地，因为有时生命的意义只在于说明一些最初的坚持。放弃生命的坚持的人，到最后就如城市里的木棉一样，只有开花的心情，终将失去结子飞翔的愿力。

没有信仰的人难以知道信仰可以带给人怎样的悦乐，也很难知道信仰可以达到怎样平静清净的境界，当然不知宇宙之大，时间之无量了。

她自己是个保守传统的乡村妇女，和一般乡村妇女没有两样，不过她鼓励我们要有梦想，并且懂得坚持。

这个世间有许许多多的法，法味都不错，但最好的总要有人去做，即使被看成傻子也是值得的。

在这个社会，我们见过许多勤快、忙碌的人，却很少见到懒人；偶尔见到懒人，也不肯自称为懒。

九

面对人生难以管理的生老病死，我们能以起承转合去寻找心灵的故乡。人总是有限制的，但有梦总是最美的。

十

理论上，人人都知道月亮随时都在，实际上，很不容易去触及那种光明，也不是不容易触及，而是不愿去实践、不愿去发掘，很少去走出户外。

常想二
烹思
八九

丁雲歲暮
生哲
意如

面对顺逆

一

我一直不肯相信生命中有永远的失落，永远的失落只有在自暴自弃的人身上才能找到，我很喜欢培根说的："人们没有哭，便不会有笑；小孩一生下来，便有哭的本领，后来才学会笑；一个人不先了解悲哀，便不会了解快乐。"失落也是如此，人没有失落，就不能体会获得的真切的快乐。尼采所言："快乐之泉喷得太满，常常冲倒想盛满的杯子。"也是这个道理。

二

在穿过林间的时候，我觉得麻雀的死亡给我一些启示，我们虽然在尘网中生活，但永远不要失去想飞的心，不要忘记飞翔的姿势。

三

因为有光明的对照，黑暗才显得可怕，如果真是没有光明，黑暗又有什么可怕呢？问题是，一个人处在最黑暗的时刻，如何还能保有对光明的一片向往。

四

我从小喜欢阅读大人物的传记和回忆录，慢慢归纳出一个公式：凡是大人物都是受苦受难的，他们的生命几乎就是"人生不如意事，十常八九"的真实证言，但他们在面对苦难时也都能保持正向的思考，能"常想一二"，最后他们超越苦难，苦难便化成生命中最肥沃的养料，这是为他们开启莲花所准备的。

五

没有人能束缚我们，除了我们自己。

六

山谷的最低点正是山的起点，许多走进山谷的人之所以走不出来，正是他们停住双脚，蹲在山谷烦恼哭泣的缘故。

七

我对自己说："跨过去，春天不远了，我永远不要失去发芽的心情。"而我果然就不会被寒冬与剪枝击败。虽然有时静夜想想，也会黯然流下泪来，但那些泪水，在一个新的春天来临时，往往成为最好的肥料。

我们独饮生命的苦汁，那是为了唱出美丽的高音；我们在失败时沉潜，是为了培养在波涛中还能向前的勇气呀！

没有人能束缚我们
除了我们自己

我以昔人忒甚
昔人
丁酉岁荷月牛十

时 光 咏 叹

一

在古董店，我们特别能感受时光的无情，以及生命的短暂，步出古董店时我觉得，即使在早春，也应珍惜正在流转的光阴。

二

偶尔在路旁的咖啡座，看绿灯亮起，一位衣着素朴的老妇，牵着衣饰绚如春花的小孙女，匆匆地横过马路，这时我会想：那老妇曾经是花一般美丽的少女，而那少女则有一天会成为牵着孙女的老妇。

三

由于流逝的岁月，似我非我；未来的日子，也似我非我，只有善待每一个今朝，珍惜每一个因缘，并且深化、转化、净化自己的生命。把全身心倾注于迎面而来的每一刻，终有一天会发现，不只春风会吹抚树叶，一片树叶也会摇动春风，带来全部的春天，春风与树叶是同时存在的。

四

我们在生活里通常会遇到类似的问题："如果你再活一次""如果再从头开始"……大部分人的经验都是充满遗憾的，希望下一生能够弥补（如果真有下一生的话），极乐世界或者天堂正因为这种弥补而得以形成。只有极少数人知道，下一世是渺茫的寄托，不如从此刻做起；这些人使我们知道世界上有更活泼的风景。

五

世事一场大梦，书香、酒魄、年轻的爱与梦想都离得远了，真的是镜花水月一场，空留去思。可是重要的是一种回应，如果那镜是清明，花即使谢了，也曾清楚地映照过；如果那水是澄朗，月即使沉落了，也曾明白地留下波光。水与镜似乎都是永恒的事物，明显如胸中的块垒，那么，花与月虽有开谢升沉，都是一种可贵的步迹。

六

虽然我知道人永远跑不过时间，但是可以比原来跑快一步；如果加把劲，有时可以快好几步。那几步虽然很小很小，用途却很大很大。

七

在生死轮转的海岸，我们惜别，但不能不别，这是人最大的困局，然而生命就是时间，两者都不能逆转，与其跌跤而怨恨石头，还不如从今天走路就看脚下，与其被昨日无可换回的爱别离所折磨，还不如回到现在。

今天掃完今天的落葉明天的樹葉不會在今天掉下來

丁酉歲祈菁生於燕山之齋

珍惜当下

一

今天扫完今天的落叶，明天的树叶不会在今天掉下来，不要为明天烦恼，要努力地活在今天这一刻。

二

"星光月光转无停，人生呀人生，冷暖世情多演变，人生宛如走马灯。"每次到过年就会想到这首歌，想到星月的流转，年华的短促；想起历尽沧桑的情景，悲欢离合转不停……这时候就会觉得只要能珍惜着今年今夜、此情此景，便是生命的幸福了。

三

"当下即是""把握当下""活在眼前"是一种平常心与平常事的体现，是彻底地契入生命的存在，也是一种不纵容的思想。

四

"掬水月在手，弄花香满衣"，掬水或弄花是平常而平等的，明月在手、花香满衣就变得十分自然。如果不能善待眼前的片刻，不就像以手捉月、舍花逐香吗？哪里可得呢？

五

"快乐地活在当下，尽心即是完美。"要每一刻都尽量快乐，活在眼前这一刻；尽你的心，一切就已经完美了。为什么？因为未来绝对不会完美，这个世界绝对不会有一个完美的状态在等待着我们。

六

"活在当下"看来是寻常言语，实际上是一种极为勇迈的精神，是把"过去"与"未来"做一截断，使心思处在一心一境的状态。一个人如果能每时每刻都处于一心一境，就没有什么困难能牵住他，也没有什么痛苦能动摇他了。

一心一境是治疗人生的波动、不安、痛苦、散乱最有效也最简易的方法，因为人的乐受与苦受虽是感觉真实，却是一种空相，若能安住于每一个当下，苦受就不那么苦，乐受也没有那么乐了。可惜的是，人往往是一心好几境（怀忧过去，恐慌未来），或一境生起好几种心（信念犹如江河，波动不止），久而久之，就被感受所欺瞒，不能超越了。

不能活在一心一境之中，那是由于世人往往重视结局，而不重视过程，很少人体验到一切的过程乃是与结局联结的。一个人如果不能在吃饭时品味米饭的香甜，又何以能深刻地品味人生呢？一个人若不能深入一碗饭，不知蓬莱米、在来米，甚至糯米的不同，又如何能在生命的苦乐中有更深切的认识？

因此吃饭、睡觉、喝茶，看来是人生小事，却能由一心一境在平凡中见出不凡，也就能以实践的态度契入生活，而得到自在。

七

在一天里，绝对不会有第二次的黎明。因为人生实在太短促了，所以我们要把握每天的黎明，早上醒来给自己一个诺言：这是崭新的一天！我要以崭新的态度生活！

在每一个黎明醒来，有一些会心的悟。

在每一个黎明醒来，接受阳光的温暖、光明。

在每一个夜晚睡去，放下当天的忧伤。

在每一个夜晚睡去，放下从前的一切忧伤。

八

心灵里的烦恼、悲哀、痛苦，要在今天做个了结，明天自有明天的痛苦，就让明天的肩膀来承担吧！

九

感到日子没有变化，可能是来自生活的不能专注、不肯承担，因此就会失去对今天，甚至当时当刻的把握了，可悲的是，不能专注把握此刻的人，也肯定是不能把握将来的。

十

过去心不可得，现在心不可得，未来心不可得，就把镜头调回眼前的特写：庭中几株萝卜花，如梦相似！

十一

与其把时间浪费在前世的梦，还不如活在真实的眼前。真的世人很少对今生有恳切的了解，却妄图去了解前世，世人也多不肯依赖眼前的真我，却花许多的时间寄托于来世，想来真令人遗憾。

十二

与其平凡地过一生，还不如璀璨地过一天，璀璨的一天是这么短，却是真正美丽的开放。

十三

除了眼前这一步、当下这一念心，过去的繁华若梦，未来的渺如云烟，都是虚妄而不可把握的呀！

十四

如果我们的每一天是一幅画，应该尽心地着墨，尽情地上彩，尽力地美丽动人，在落款钤印的时候，才不会感到遗憾。对一幅画而言，论说是容易的，抒情是困难的；涂鸦是容易的，留白是困难的；签名是容易的，盖章是困难的。

十五

禅者的生活无他，只是保持在片刻的融入罢了，活在当下，活在眼前，活在现成的世界。

十六

有愿才会有缘，如果无愿，即使有缘的人也会擦肩而过。缘是天意，份在人为。无论缘深缘浅，缘长缘短，得到即是造化。人生苦短，得来不易，我们都应该好好珍惜，并应宽容与豁达地对待生命中的每一个人，每一件事。

从容一點吧等等我們的心

丁酉歲六月牛九

盲目的悲哀

一

生活在这世界的人多么像一个风筝，我们手里拿着"名缰利锁"，旁观者大喊飞呀飞呀！我们就容易忘记风筝的极限，忘记高处不胜寒，放到线断为止，就失其所终了。

二

我一向觉得中国字造得好，"忙"与"盲"拆开来看就是"亡心"与"亡目"，串起来说就是"现代人忙到失去了自己的心和眼睛"。心是用来觉受的，眼是用来观照的，那么我们可以说，现代人逐渐失去觉受与观照之力了。

三

在现代社会，独乐与独醒就变得十分重要，所谓"独乐"是一个人独处时也能欢喜，有心灵与生命的充实，就是一下午静静地坐着，也能安然；所谓"独醒"是不为众乐所迷惑，众人都认为应该过的生活方式，往往不一定适合我们，那么，何不独自醒着呢？

四

忙碌使人盲目，忙碌也来自于盲目。想一想，就在二十年前，一般人一天只做一两件事，播种就是播种，搓草就是搓草，现在的人一天里，谁不做七八件事呢？于是东西南北、南北西东，生命为之蹉跎，心意也愈来愈不能专一了。

五

为了结局所产生的时间压缩，不仅未能使我们有更多空间来悠然生活，反而使我们更忙碌、烦恼、烦躁与不安，在暗地里付出更大的代价犹不自知。

这些代价最大的是，由于拼命想主控外境，反而终日被外境所转，失去敏于深思反省的气质。大部分人一整天在压缩的时间下生活，回到家立刻累倒了，哪有时间和思维做更深刻的心灵开发呢？

六

我们的生活如此紧张，所压榨出来的时间做什么用呢？用来"无聊"，用来"烦恼"，用来"比较"，用来"计划生涯"，计划怎么走向明日更忙碌的生活里去。

七

有人问我，这个社会最缺的是什么东西？

我认为最缺的是两种，一是"从容"，一是"有情"。这两种品质是大国民的品质，但是由于我们缺少"从容"，因此很难见到步履雍容、识见高远的人；因为缺少"有情"，则很难看见乾坤朗朗、情趣盎然的人。

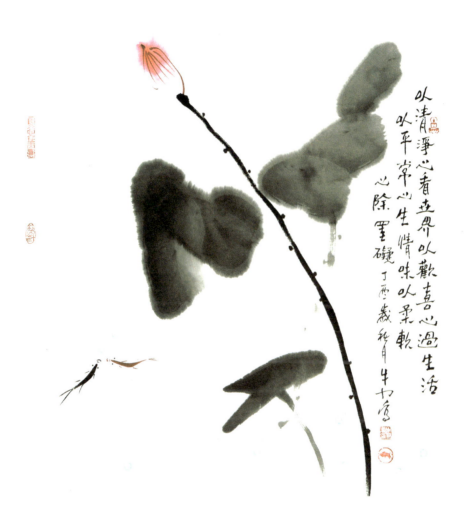

以清淨心看世界 以歡喜心過生活
以平常心生情味 以柔軟心除罣礙 丁酉歲臂牛大庾

回味童年

一

喝汽水的时机有三种，一种是喜庆宴会，一种是过年的年夜饭，一种是庙会节庆。即使有汽水，也总是不够喝，到要喝汽水时好像进行一个隆重的仪式，十八个杯子在桌上排成一列，依序各倒半杯，几乎喝一口就光了，然后大家舔舔嘴唇，觉得汽水的滋味真是鲜美。

二

贫困的岁月里，人也能感受到某些深刻的幸福，像我常记得添一碗热腾腾的白饭，浇一匙猪油、一匙酱油，坐在"户定"（厅门的石阶）前细细品味猪油拌饭的芳香，那每一粒米都充满了幸福的香气。

三

由于是农夫，父亲从小教我们农夫的本事，并且认为什么事都应从农夫的观点出发。像我后来从事写作，刚开始的时候，父亲就常说："写作也像耕田一样，只要你天天下田，就没有不收成的。"他也常叫我不要写政治文章，他说："不是政治性格的人去写政治文章，就像种稻子的人去种槟榔一样，不但种不好，而且常会从槟榔树上摔下来。"

四

夜里，我站在屋檐下乘凉，想到童年、青少年时代，其实有许多事都像青莲雾一样的酸涩，只是面目逐渐模糊，像被打成果汁，因为不断地加糖，那酸涩隐去，然后我们喝的时刻就自言自语地说："真好喝呀，再来一杯。"

五

我小的时候喜欢折纸船，把它放到河流里，虽然不知它流往的所在，但是心情上却寄望着，它能漂向一个开朗快乐的地方。童年的小纸船没有什么特别的意义，有时候，却代表了一种远方的、宽大的、自由的希望。河里有了这种向往，也就有了生命。正如我希望那些被放生的小鸟，能飞入林间，轻快地跳跃；希望那些被放生的海龟，能回到大海的故乡，自在地悠游，可惜这希望是渺茫的，因为里面有人的功利，有功利的地方就不能有真正的自由。我也希望，那些漂流在河溪里的亡魂，真能攀住莲花、托着河灯，去找到西方的光明之路，那条路也许是远的，由于人在河里放下了无私的爱，就有可能到达。

六

在童年的岁月里，我们心目中的月亮有一种亲切的生命，就如同有人提灯为我们引路一样。

七

童年时代，陪伴母亲看萤火虫飞入芒花的星星点点，在时空无常的流变里也不再有了。

八

那一张泡泡糖的包装纸，整整齐齐，毫无损毁，却宝藏了一段十分快乐的记忆，使我想起真如白雪一样无瑕的少年岁月，因为它那样白那样纯洁，几乎所有的事物都可以涵容。

九

母亲保有的葫芦瓢子也自有天地日月，不是一勺就能说尽的，我用那把葫芦瓢子时，也几乎贴近了母亲的心情，看到她的爱，以及我们二十多年成长岁月中，母亲的艰辛。

唯有從容的生活
才能讓人自重
丁酉歲冬月牛生

凝视现代生活

一

现在如果有人去担任教师、职员、低层公务员，社会评价是很低的，原因在于他们的待遇与暴利相比显得差距过大。过去几年来，像投资公司、房地产、股票、六合彩的大起大落，都可以说是人们追逐暴利所产生的现象。

二

我常想，地球上的土地是造物者为了生养人类而创造的，如今却有很多人把土地作为占有与幸进的工具，真是辜负土地原有的价值。

三

现代都市人正好相反，可以说是"落叶满天不知秋，世人只会数甲子"，对现代人而言，时间观念只剩下日历，有时日历犹不足以形容，而是只剩下钟表了，谁会去管是什么日子呢？

四

社会学家把社会分为青年社会、中年社会、老年社会。青年社会有的是"热情"，老年社会有的是"从容"，我们正好是中年社会，有的是"务实"。务实不是不好，但若没有从容的生活态度与有情的怀抱，务实到最后正好是柴米油盐酱醋茶，牺牲了书画琴棋诗酒花。一个彻底务实的人其实是麻木的俗人，一个只知道名利实务的社会，则是僵化的庸俗社会。

五

在这个社会上，确实有许多人一夜的花天酒地所挥霍的金钱，正是那些勤劳工作的人一生所能赚到的总和。而可笑的是，那些腰缠万贯的富豪，缴的所得税可能还少过一个职员。

六

现代人失去了单纯的生活，也失去了单纯的对生命理想的热爱。一般大人物的一天固然是案牍劳形、送往迎来、酬酢交错、演讲开会，二十四小时里难得有十分钟静下来沉思，对生活与生命的本质就难以了然。而小人物呢，为了三餐奔波辛劳，为了逢迎拍马费心，为了物欲享受而拼命，虽然空闲较多，但是夜间或在秦楼酒馆流连，或在家里盯着电视不放，更别说静下来思想了。

七

现代社会，由于社会的多元，空想的人逐渐增多了，大家总是希望有什么空隙可以不劳而获，有什么方法可以一步登天，那些老老实实工作的人反而被看成傻瓜，只好继续安贫乐道了。

八

在我们这一代或上一代的，所谓记忆版图最优美的一段，是农业时代那种舒缓、简单、平静、纯朴和依靠劳力的田园；而我们下一代的记忆版图和当下的现实却是急促、复杂、转动、花哨和依靠机械科学生活的城乡。如果我们是现代人，就会否定昔日生活的意义；如果我们是怀旧的人，就会否认现代生活之美。这必然使我们的成长变为对立、二元、矛盾、抗争的线。

九

"贫富差距"一天比一天大，"物价指数"一天比一天高，带来的最恶劣结果，就是"拜金主义"，人人唯金钱是尚，日夜追逐，又带来更大的差距、更高的指数，恶性循环，台北的将来是令人忧心的。

十

可叹的是，生活在现代社会的人，不要说善用水银与玻璃的关系，有很多人从没有打开心里的窗和照过心中之镜。我们在餐厅、浴室、电梯都装满镜子，却很少人用心反观自己，在每一幢大楼都装了满满的窗，也很少人清楚地观照世界。我们建造了玻璃与水银的围墙，心窗心镜反而失落了。

十 一

因为花季，使住在花园的人不敢回家；因为花季，使真正爱花的人不敢上山赏花；因为花季，纯美的花成为庸俗人的庸俗祭品。真是可哀！

十 二

每当在春气景明看到郁郁黄花、青青翠竹，洗过如蒸气洗涤的温泉水，再回到红尘滚滚的城市，就会有一种深刻的感慨，仿佛花季是浊世与净土的界限，只要一不小心就要沦入江湖了。

十 三

从前我们形容春雨来时农田的笋子是"雨后春笋"，都市的楼房生长也是雨后春笋一样。这些大楼的兴建，使这一带的面目完全改观，新开在附近的商店和一家超级啤酒屋，使宁静与绿意备受压力。

十 四

世界是全然静寂无声的，人心的喧闹在当时当地，被苦难的景象压迫到一个无法动弹的角落。

十五

禅心的启悟是在得其意，而意在言外，言外的事物在忙碌中、在盲目中怎能求得呢？

十六

古代的禅师为了发觉内在的澄明泉源，不惜在江边湖畔苦苦寻索，是看清了"江湖寥落，尔将安归"的困局；现代的人则随着欲望之江陷溺于迷茫之湖，向外永无休止地需索，然后用"身不由己"来做借口。

十七

特别在现代社会，大部分人从事的工作都不是自己热爱的，如果没有一些空间，就会陷入痛苦之境，禅心是在创造那个空间，使我们"家舍即在途中，途中不离家舍"，过一种如实的生活，若能专注地投入每一刹那，每一刹那都是人生的机会。

十八

禅者对生活专一的融入，对现代人的"忙""盲"是有帮助的。我们可以做这样的训练，找一天对自己说："我今天下午只要做听音乐这件事。"或者种花，或者散步，或者读书，或者深呼吸，然后把半天或一天都沉入那件事情的专心之中，让自己融入，放松我执，那么必然可以得意于言外，得鱼而忘筌。

十九

在现代社会，真实的价值之所以被隐没，就是人心被隐没的结果。

二十

悠闲不为人知的风情，是这个都市最难得的风情。

二十一

生命的整个过程是连续而没有断灭的，因而年纪的增长等于是生活数据的累积。到了中年的人，往往生活就纠结成一团乱麻了。许多人畏惧这样的乱麻，就拿黄金酒色来压制，企图用物质的追求来麻醉精神的僵滞，以至于心灵的安宁和通融都展现为物质的累积。

二十二

在匆忙地通过斑马线的人群里，我们通常不会去注意行人的姿势，更不用说能看见行人的脸了，我们只是想着，如何在绿灯亮起时，从人群前面呼啸过去。

我們要全心全意默默地
開花，以花來證
明自己的存在

自我成长

一

　　人也是这样，年少的时候自以为才情纵横，英雄盖世，到了年岁渐长，才知道那只是贼光激射。经过了岁月的磨洗，知道了人外有人、天外有天，贼光才会收敛；等到贼光消失的时候，也正是宝光生起之时。

二

　　如果把我们所拥有的事物都看成是我的一部分，身心的部分称为"内在的自我"，身心之外的一切衣食住行称为"外部的自我"，外部的自我都是由于内在的欲望而呈现的。我们可以这样说：一个人的外部自我越强化，负担就越重，生命的弹性也就越小。这种因为外部自我而淹没内在自我的情况，在佛教里有一个比喻，就是"如蛇吞其尾"：一条蛇吞下它的尾巴，就会形成一个圆圈，蛇越是吞咽自己的尾巴，圆圈便越缩小，后来变成一个小点，最后就完全消失了。蛇愈努力吞咽自己的尾巴，死亡就愈是迅速。这个比喻里的死亡，指的是"完整自我的死亡"。

三

最令人忧心的人，是自以为完美的人；最令人担忧的社会，是文过饰非的社会。不论人或社会，谁没有一些痛脚呢？怕的是不能相濡以沫、互相提供灵药罢了。

四

这世界上任何有价值的智慧，都不是老师可以一一传授的，完全要依靠自己的体会，老师能教给我们宝玉，能不能分辨宝玉却要靠自己，那是由于宝玉不仅在掌中，也在心中。

五

还我本来面目的第一件事是一天花十五分钟坐下来想想：我是谁？我从哪里来？我要往哪里去？现在的生活是不是我要的？什么生活才是我要的？

然后，我们才有机会做一个有风格的人，做一个真实的人，做我自己。

六

人需要发展自己的特质，但是也要包容别人的不同，这个世界才会精彩。因此家长也不要总拿自己的孩子和别人家的作比较，因为辣椒不需要和茄子比较，辣椒只要自己够辣就好。

七

在人生里，每一个人都有其独特非凡的素质，有的香盛，有的色浓，很少很少能兼具美丽而芳香的，因此我们不必欣羡别人某些天生的素质，而要发现自我独特的风格。当然，我们的人生多少都有缺憾，这缺憾的哲学其实简单：连最名贵的兰花，恐怕都为自己不能芳香而落泪哩！这是对待自己的方法，也是面对自己缺憾还能自在的方法。

八

我们的本来面目，就因为生活不能单纯，因为强人所难与强己所难而失去了，久而久之就像同一厂牌的原子笔，每一支虽是独立的个体，而每一支都一样。

九

人的一生，总有学不完的知识，总有领悟不透的真理，总有一些有意或者无意的烦心事闯到心里来。总之，生之梦，顺少逆多，一辈子不容易，千万不要总是跟别人过不去，更不要跟自己过不去。书上云：看别人不顺眼是自己的修养不够。想一下也是，因为每个人的出身背景、受教育程度、受社会影响都是不一样的，在你看不惯别人的同时，是否别人也看不惯你呢？所以要开心地去面对每一个人，学会看朋友身上的优点，学习朋友身上的优点；朋友的缺点正是你最好的反面教材，如果你也有这样的缺点请及时改善，不正是你所期望的吗？

十

"我伤害自己，是为了让他痛苦一辈子"，是多么天真无知的想法！因为别人的痛苦或快乐是由别人主宰的，而不是由"我"主宰的，为让别人痛苦而自我伤害，往往不一定使别人痛苦，却一定使自己落入不可自拔的深渊。反之，"我"的苦乐也应由"我"做主，若由别人主宰"我"的苦乐，那就蒙昧了心里的镜子。有如一个陀螺，因别人的绳索而转，转到力尽而止，如何对生命有智慧的观照呢？

十一

我们是风沙的中年，不能给温室的少年指出道路，就像草原的树没有资格告诉路树，应该如何往下扎根、往上生长。路树虽然被限制了根茎，但自有自己的风姿。

十二

不只是树，人也是一样，在不确定中生活的人，能比较经得起生活的考验，会锻炼出一颗独立自主的心。在不确定中，就能学会把很少的养分转化为巨大的能量，努力生长。

十三

我们要全心全意默默地开花，以花来证明自己的存在。

十四

假如有一个人想走向圆满，他要在智慧上有细腻的观察、平等亲切的对待、活泼有力的生命、广大无私的态度。我们试着在黑夜中检视自己生命的风格，便会知道自己是不是在走向圆成智慧之路。

偶爾吃一點苦的辣的酸的有助於我們品味人生

丁酉歲冬月 牛中慧之

加味生活

一

忙乱的生活如此燥热，没有清凉的茶无以消火解渴；烦恼的生命如此焦渴，缺少一杯法雨甘露，生命的长途就更郁闷难耐了。

二

在我们的生命情境中，有很多时候，是酸甜苦辣同时放在一桌的，一个人不可能永远挑甜的吃，偶尔吃点苦的、辣的、酸的，有助于我们品味人生。

三

什么是重要的生活？陪着爱人散步，躺在草地上看星星，有没有幽默感，懂不懂得爱和宽容——这些是重要的。而每天着急上班、学习、考试，是紧急的。当人整天在紧急的事情里面打转的时候，"琴棋书画诗酒花"就会变成"柴米油盐酱醋茶"。要学会腾出一些空间，进入"重要的生活"。

四

我一直认为不管时代如何改变，在时代里总会有一些卓然的人，就好像山林无论如何变化，在山林中总会有一些清越的鸟声一样。同样的，人人都会在时间里变化，最常见的变化是从充满诗情画意的逍遥的心灵，变成平凡庸俗而无可奈何，从对人情时序的敏感，变为对一切事物无感。

五

唯有我们抓住生活的真实，才能填补笔记的空白，若任令生活流逝，笔记就永远空白了。

六

生命，真的不能缺乏游戏；生活，则不能失去创造力。创造力随时都在，而且每个人都具有，只要在形式的、固定的、保守的那一个层面，念头一转，做一点提升与超越，创造力就可能得到实践了。

七

我们如果光是对人有情爱、有关怀，不知道日落月升也有呼吸，不知道虫蚁鸟兽也有欢歌与哀伤，不知道云里风里也有远方的消息，不知道路边走过的每一只狗都有乞求或怨怨的眼神，甚至不知道无声里也有千言万语……那么我们就不能成为一个圆满的人。

八

在我们身处的宇宙中，一个人能看见青青翠竹是那么青翠有生气，繁茂的黄花是那么鲜艳而美丽，那已经是心思柔软细致的人了。

九

生活在百里馨岛，时间和空间几乎都是静止的，在时间上，没有什么开始，也没有什么结束，岛民的生活几乎是日复一日，像一条绳子一样向前拉去，使我们想起古老民族的结绳记事，生活的变化小到就像时大时小的绳结。

十

一个人一定要下决心砍除生活中繁复的杂枝，才会长出好的智慧芽苗。维持生活的单纯与专注，是提升慧心最好的方法。

十一

涅槃真的不远，如果能在年节时候，少一点怀念，少一点忆旧，少一点追悔，少一点婆婆妈妈，那么穿过峭壁、踩过水势，开阔的天空就在眼前了。

家中有明月
清風
丁酉歲
牛一寧畫

换个角度看生活

一

我们是儿童时，认为世界应以儿童为中心；我们是青年时，认为世界不够照顾青年；我们到中年时，往往看不惯前卫的青年和保守的老人，认为中年人才能创造世界；我们到老年时，总会埋怨世界不敬老尊贤，或者批评老人福利办得不好。我们是青年时，谁想过老人福利的问题呢？

二

俗语说：人生不如意事，十之八九。我们生命里面不如意的事占了绝大部分，因此，活着本身是痛苦的。但扣除八九成的不如意，至少还有一两成是如意的、快乐的、值得欣慰的事情。如果我们要过快乐人生，就要常想那一两成好事，这样就会感到庆幸，懂得珍惜，不致被八九成的不如意所打倒了。

三

我把枯萎的蝴蝶捧在手上，思及枯叶蝶是一生站立或者飞翔在枯叶与蝴蝶的界限上。如果说它是执着于枯叶，那是对的，否则它为什么从形状、颜色、姿势都形成一片叶子；如果说它是执着于蝴蝶的生命，那也是对的，拟态枯叶只是为了保护它内在的那一只蝴蝶。

四

一件事物总可以两面来看，如果只看一面往往看不见真实的面貌，因此，自我观点的争执是毫无意义的。进一步地说，这世界本来就有相对的两面，欢乐有多少，忧患就有多少；恨有多切，爱就有那么深；祸兮福所倚，福兮祸所伏；所以我们要找到身心的平衡点，就要先认识这是个相对的世界。

五

佛法中有"当位即妙""当相即道"的说法。所谓"当位即妙"，是不论何事，其位皆妙，就像良医所观，毒有毒之妙，药有药之妙。所谓"当相即道"，是说世间浅近的事相，都有深妙的道理。——世间凡事都有密意，即事而真，就看我们有没有智慧了。

六

我们都为放生者的无知而悲哀，也为放生者为了自己的功德，无视鸟雀的死活而感到痛心。

七

这个世界是相对的，时间空间的改变，使我们对事物的看法改变，禅心也是如此，它不是用来改变生活的，而是看清生活的真实。与"禅心"相对的是"凡心"，也就是凡俗的心，是一般人眼见的世界，是迷惑于世界的变幻，禅者不同的是在这种变幻中看到了真如，体会了不动的一面。

八

轮回的不只是人，整个世界都在轮回。我们看不见云了，不表示云消失了，是因为云离开我们的视线；我们看不见月亮，不表示没有月亮，而是它远行到背面去了；同样的，我们的船一开动，两岸的风景就随着移动，世界的一切也就这样了。

九

人具有两种本质，一种是极为壮大开阔的，一种又是极端的渺小和卑微。在心念广大的时候，我们可以欣赏一切、涵容一切，可是比照起我们所能欣赏与涵容的事物，我们又显得太渺小了。

十

教堂与坟墓都有十字架；而且，许多教堂都盖在坟墓旁边；照耀着教堂的月光，也同样照在坟墓上。这个世界如实地显露着平等，没有分别的真相，只是人心的向往，使世界也不同了。

十一

　　在照进窗隙强烈的阳光里面，我们可以看见虚空中飞扬的尘埃，那些尘埃粒粒分明，但无法破坏光线的本质。在黑暗中，我们完全见不到尘埃，尘埃就一层层地增加，使我们陷入更深的黑暗。

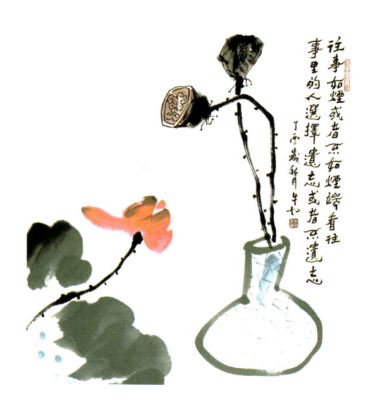

往事如烟或者不如烟端看往事里的人选择遗忘或者不遗忘

我不要人都看見我
但我要有自己的尊
嚴

真的富足

一

有很多人认为现代人比古代人富有，其实不然，真正的富有是一种知足的生活态度，有钱而不知足的人并不是富有，能安于生活的人才是富有。

二

真正通向富足的道路，不是财货的堆积，也不是名利的追求，而是珍惜我们所遇到的每一件东西、每一个人，处处为人着想，布施给别人。

三

有钱并没有什么罪过，因金钱而贪婪、瞋恨、愚痴，才是令人齿冷的。

四

有许多事物，"没有"其实比"持有"更令人快乐，因为许多的有，是烦恼的根本，而且不断地追求有，会使我们永远徘徊在迷惑与堕落的道路。幸而我不是太富有，还能知道在人世中觉悟，不致被福报与放纵所蒙蔽；幸而我也不是太忙碌或太贫苦，还能在午后散步，兴趣盎然地看着世界。

五

我常常想，这个世界的人，钱越多越是赚个不停，人越老越是忙个不停，我真不知道，大家是不是有时间来善用所赚的钱，是不是肯停下来想想老的意义。

六

台湾话称那些富有的人叫"好额人"或"好业人"，可见富有的人不必要有很多钱，而是有高广的额头，有智慧的意思；富有的人不是拥有最多东西的人，而是不断造善业的人。富有的标准，因此不是有多少财产，而是有没有智慧与宽裕的心。富有的标准，不是能占有多少东西，而是能不能布施与关怀。富有的标准，不是有多少名利权位，而是有多少的幸福和感情。

七

我一向不愿穿戴昂贵的服饰，不愿拥有名牌，因为深感自己没有那样名贵；我一向不喜出入西装革履、衣香鬓影的场合，因为深感自己没有那样高级。我要谦虚卑微一如山上的一株野草，自在地生活于大地，但也有高贵的自尊，俯视这红尘大地。我不要人人都看见我，但我要有自己的尊严。

八

真正的生活品质，是回到自我，清楚衡量自己的能力与条件，在这有限的条件下追求最好的事物与生活。再进一步，生活品质是因长久培养了求好的精神，因而有自信、有丰富的心胸世界；在外，有敏感直觉找到生活中最好的东西；在内，则能居陋巷而依然能创造愉悦多元的心灵空间。

九

我觉得，人一切的心灵活动都是抽象的，这种抽象宜于联想：得到人世一切物质的富人如果不能联想，他还是觉得不足；倘若是一个贫苦的人有了抽象联想，也可以过得幸福。

以霞為燈

我看写作

一

作家为了什么幸福而努力呢？

首先，是不断地寻找思想的更高境界。就像爬山一样，从山谷到山腰，再从山腰到山顶，每一阶段的体悟与风景都是不同的。一般人的思想锻炼都是到学校毕业就结束了，作家不同，他可以一直向上攀登，直上高峰。

——这正是禅说的"高高山顶立"。

其次，作家的幸福来自不断探索心灵更深的可能。特别是散文作家，因为写作，必须每天面对、整理、回观自己的心，一点一点地深入，如实地看见自己的心。由于每天静观自心，所以能自反而缩，一往无悔，在众声寂寂之时，维持自己的高音；在众声喧哗之时，还努力唱出清明之音。

——这正是禅说的"深深海底行"。

作家的第三种幸福，是能与有缘的人分享人生。

我有许多作品被收入小学的语文课本，像《和时间赛跑》《桃花心木》《鞋匠的儿子》《心田上的百合花开》……收入中学课本的就更多了，像《生命的化妆》《梅香》《清净之莲》……二十年来，读过我文章的孩子何止亿万？这些作品，有些是三十年前写的，有些是一二十年前写的，现在却能和无数的人分享，长夜思及，每每令我感动不已！这世界上还有什么工作，会比作家幸福呢？

——这正是诗人所言"千载后，百篇存，更无一字不清真"。

这三种深刻的幸福，使我能不懈地创作，希望不仅自己有正能量，也能为读者提供正能量，使读者在崎岖的人生路上，有欢喜的心去生活、去闯荡。

二

与内心深刻的情意相比，文字显得无关紧要，作为一个作家想要描摹情意，画家想要涂绘心境，音乐家想要弹奏思想，都只是勉力为之。我们使用了许多复杂的技巧、细致的符号、美丽的象征、丰富的譬喻，到最后才发现，往往最简单的最能凸显精神，最素朴的最有隽永的可能。

三

每一个作家都有不为人知的寂寞的一面——或者在热闹的街头踽踽独行，或者在静谧的山林思潮翻腾，或者坐在小小的书桌前写下一道一道生活的刻痕——都是要独力品尝生命的苦汁和乐水的。

四

写作既然是一个寂寞的事业，为什么还要写呢？

我想，写作是来自一种不得不然，是内在的触动和燃烧。这就好像一朵花要开放，那是不得不然；一只鸟要唱歌，也是不得不然；一条河流要流出山谷，也是不得不然呀！

五

我的写作，不只是在告诉人关于这人间的美丽，而是在唤起一些沉睡着的美丽的心。

六

我每天大概总有数个小时的时间在书房里，有时读书写作，大部分的时间是什么也不做，一个人静静地让想象力飞奔，有时想想一首背诵过的诗，有时回到童年家门前的小河流，有时品味着一位朋友自远地带来给我的一瓶好酒，有时透过纱窗望着遥远的点点星光想自己的前生，几乎到了无所不想的地步，那种感应仿佛在梦中一样。

七

一个作家在写字时，他画下的每一道线都有他人格的介入。

八

记忆是不可靠的，遗忘也可能是美好的。文学家与科学家不同，文学家不去寻找增加记忆的魔药，而让记忆自然地留下，记在文字上，或刻在心版上，随时准备着偶然的相遇。与十年前的美相遇了，就有两次的美；与二十年前的善相遇了，就有加倍的善。

九

　　总有无价的东西，在我们没有到过、永远不会去、不会遇到的人那里，这是创作者不断探索、不断写作的理由。或许，一辈子也到不了；或许，一生也遇不到；但因为我们见过彩虹，我们就有理由相信，将会看见更美的彩虹。当然，在追寻彩虹的日子，我们也不会忘记每天面包出炉的时间。

十

　　有人问我：当一位作家，最辛苦又最幸福的是什么？

　　最辛苦的是走向了一个孤独的旅程，人生不论欢喜或苦痛，都是自己在孤灯下完成。纵使有人分享，也是很长时日以后的事，不像歌者在舞台上唱歌，立刻能得到欣赏和掌声。

十一

　　创作的生命可以分成两类：一类是像恒星或行星一样，发散出永久而稳定的光芒，这类创作为我们留下了许多巨大而深刻的作品；另一类是像彗星或流星一样，在黑夜的星空一闪，留下了短暂而眩目的光辉，这类作品特别需要灵感，也让我们在一时之间洗涤了心灵。两种创作的价值无分高下，只是前者较需要深沉的心灵，后者则较需要飞扬的才气。

十二

　　我认为，任何无法在自己的灰烬中重生的艺术家，都无法飞往更美丽的世界，而任何不能自我火焚的人，也就无法突破自己，让人看见更鲜美的景象。

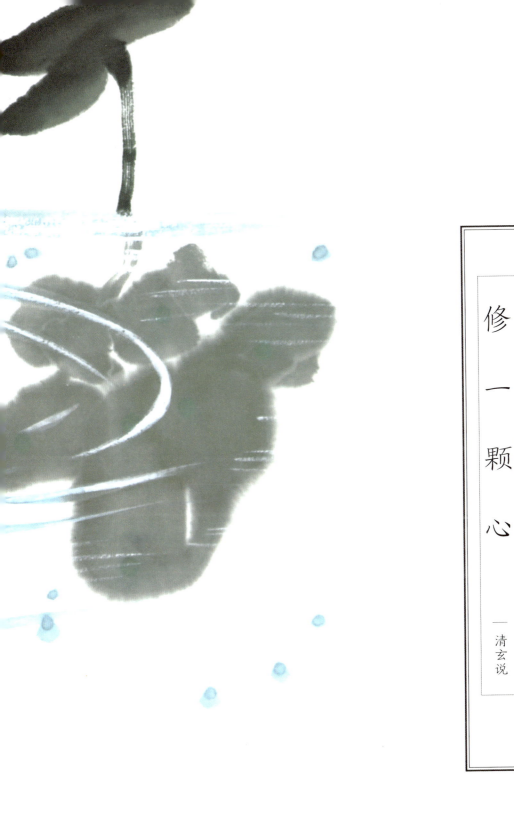

修 一 颗 心

——清玄说

那些因舍而空出的
必有更好的東西
來填補那些舍去的
並未消失是為了
生发更好的而存在

丁酉岁暮
牛如海

达观心

一

人生苦短，缘深缘浅，我们都应该豁达与乐观地对待人生中的每一个人，每一件事。

二

在无穷的岁月里，我们今生的百年只是一瞬间，在这一瞬间，我们如果能多认识自我的心灵，少一点名利的追逐；多一些境界的提升，少一点物欲的沉沦，那么过一个比较知足快乐的生活并不太难。

三

我们哭着来到这个世界，扮演了种种不同的角色，演出种种虚假的剧本，最后又哭着离开这世界。

四

上一刻，我们可能幸福地流泪，下一刻，我们可能悲哀地哭泣，但，路，总是不断地，河，总是不停地，向前穿行。

五

想要行脚天下、走过生之长路的人，行李愈少，走得愈远，愈为顺畅。

六

让我们一起以一种庄严的心情，走到心灵的花园，放下一切的缠缚，狂心都歇，观闻从我们自性中流露的梅香吧！

七

我们心中所存在的一些美好的想象，有时候禁不起真实的面对。

八

菩提跟烦恼其实也是一样的。烦恼，在我们的环境；菩提，在我们的自心。假使能以一种很好的态度面对烦恼，那么烦恼便可以度过。

九

谁见过人蓄养凤凰呢？谁能束缚月光呢？一颗流星自有它来去的方向，我有我的去处。

十

谦卑的心是宛如野草小花的心，不取笑外面的世界，也不在意世界的嘲讽。

十一

生活在风涛泪浪里的我们，要做到不畏人言人笑，确实是非常不易，那是因为我们在人我对应的生活中寻找依赖，另一方面则又在依赖中寻找自尊，偏偏"依赖"与"自尊"又充满了挣扎与矛盾，使我们不能彻底地有人格的统一。

十二

生命里偶然的欢喜、悟、心灵的光，就像鸽子麻雀突然来到我们的窗前，当它们飞走的时候，我只要保有那种欢喜就好了。

十三

在我们不可把捉的尘世的命运中，我们不要管无情的背弃，我们不要管苦痛的创痕，只有维持一瓣香，在长夜的孤灯下，可以从陋室的胸中散发出来，也就够了。

十四

那些因舍而空出的，必有更好的东西来填补，那些舍去的并未消失，是为了生发更好的而存在。

十五

人生大势成久必败，败久必成，是非成败转头空，几度夕阳红。

十六

金银钻石虽是宝物，如果绑在大鹏的翅膀上，别说"挟泰山以超北海"，抟扶摇而上九霄，即使只飞三尺，也会振翅维艰。

在每一寸的时光中，都有喜欢的，每在个地方都有禅悦。

丁酉秋月 牛作

明净心

一

使人心清净的力量不在教育，而在信仰；不在知识，而在因果。有了信仰才能心有所敬，有了因果才能心有所畏。知所敬畏就不敢胡作非为，平安自在才能为理想、为利他而奉献自我。

二

下雨天的时候，我常这样祈愿：但愿世间的泪，不会下得像天上的雨那样滂沱。但愿天上的雨，不会落得如人间的泪如此污浊。但愿人人都能有阳光的伞来抵挡生命的风雨。但愿人人都能因雨水的清洗而成为明净的人。

三

一朵花的兴谢与一个人的成功失败并没有两样，人如果不能回到自我，做更高智慧之追求，使自己明净而了知自然的变迁，有一天也会像一朵花一样在无知中凋谢了。

四

因缘固然能使我们相遇，也能使我们离散，只要我们足够明净，相遇时就能听见互相心海的消息，即使是离散了，海潮仍然涌动，偶尔也会记起，海面上的深夜，曾有过水母美丽的磷光，点缀着黑暗。

五

世界如此隐晦暧昧，我们的心要像大圆镜，凡所鉴照，尽皆清明。生活在世俗中，为自己的种种烦恼所累，就算活得这么不得已，就算时时自责忏悔，心里又何时明朗过。

六

灵魂真是个奇异的东西，越磨越清明。

七

重如千两的黄金是在生活的每一步里展现的，在眼前的一步，如果没有丰盈的心、细腻的情感、真实的爱，那么再多的黄金也只成为生命沉重的背负。

八

一面清明的镜子，不论是最美丽的玫瑰花还是最丑陋的屎尿，都会显出清楚明确的样貌；不论是悠忽缥缈的白云或平静恒久的绿野，也都能自在扮演它的状态。

可是，如果镜子脏了，它照出的一切都是脏的。一旦镜子破碎了，它就完全失去觉照的功能。肮脏的镜子就好像品格低劣的人，所见到的世界都与他一样卑劣；破碎的镜子就如同心性狂乱的疯子，他见到的世界因自己的分裂而无法起用。

单纯的生活已渺不可得
但我们还是拚命以维持
单纯的心 丁酉岁冬月 牛朝晖

平常心

一

　　我们是入世的凡夫，难以直趋其境，但我们可以训练一种拥有，就是在心灵上拥有，不在物欲上拥有；在精神上对一切好的东西能欣赏、能奉献、能爱，而不必把好的事物收藏成为自己专有。能如此，则能免于物欲上的奔逐，免于对事物的执迷，那么人生犹如宽袍大袖，清风飘飘，何忧之有？

二

　　天下没有最好吃的食物，饥饿的时候，什么食物都好吃。天下也没有最好的处境，好心情的时候，日日是好日，处处开莲花。天下没有最能开启觉悟的情与境，有清静心，平等看待生命的每一步，打破分别的执着，那就是觉悟最好的情境！

三

　　生命中虽有许多苦难，我们也要学会好好活在眼前，止息热恼的心，不做无谓的心灵投射，喝木瓜茶，我觉得茶也很好，木瓜也很好。燠热的夏日其实也很好，每一朵紫茉莉开放时，都有夏天夕阳的芳香。

四

人的一生就像行船，出发、靠岸，船本性是不变的，但岸身体在变，风景经历就随之不同了。

五

人生的忧欢都只是客人而已。

六

笼中剪羽，仰看百鸟之翔，侧畔沉舟，坐阅千帆之过。

七

花天酒地是一夜，冥想静思也是一夜。花数十万元过一夜，在时间上与听音乐过一夜是平等的，而在心性的快乐与精神的启发上，可能单纯平凡的日子更为有益。使生命感受到丰盈的，不是欲望的扩张，而是心灵深处的触动；使生命焕发价值的，不是拥有多少财富，而是开发了多深的智慧；使人生充满意义的，不是对某一个目标的奔赴，而是每一步都得到心安与落实。

八

平常心的本质是：

平——稳定、平衡、轻松。

常——恒常、不乱、不变。

九

一般人在平常生活中不知平常心，动荡时察觉平常心可贵之时，平常生活已经远离了。

十

当一个人明心见性，不为外来的情况所转动的时候，他才能时时无碍，处处自在，事理双通，进入平常的世界。平常不是指外面的改变，而是说不论碰到任何景况，自己的心性都能不动如一。

十一

既生而为人，就要承担，安然接受人生可能发生的一切。

十二

生命的事一经过了，再热烈也是平常。

十三

"日日是好日"，表面上是"每天都是黄道吉日"的意思，但内中更深切的意义是"不忧昨日，不期明日"，是有好的心来看待或喜或悲的今天，是有好的步伐，穿越每日的平路或荆棘，那种纯真、无染、坚实的脚步，不会被迷乱与动摇。

每一顆凡夫的心都是世界的中心
即使不能改變大世界
所居住的小世界仍有決定性
影響
丁酉歲冬月於無墨齋 牛力筆

只有心如晴窗的人才有
真正的爱只有爱花
的人才能種出最美的花

丁酉岁冬月牛文家之

心 纳 万 物

一

我们会认为阳光是来自太阳，但是在我们心里幽暗的时候，再多的阳光也不能把我们拉出阴影，所以阳光不只是来自太阳也来自我们的心。只要我们心里有光，就会感应到世界的光彩；只要我们心里有光，就能与有缘有情的人相互照亮；只要我们心里有光，即便在最阴影的日子，也会坚持温暖有生命力的品质。

二

一个人不明事理，不是事理有病，不是眼睛有病，而是内心有病，只要治好了真心，眼睛也可以分辨，事理也得到了澄清。

三

从污秽的心中呈现出污秽的世界，从清净的心中呈现出清净的世界，人的境况或有不同，若能保有清净的观照，不论贫富，都不能转动他。

四

虽然我们生活在充满了灾祸、痛苦、疾病……这样被认为是天谴的环境，但是因为我们的箱子里还怀抱着希望，所以我们能够面对痛苦、疾病和灾祸。

五

假若说，人心的价值是一滴水，万物存在的价值是一片广大的海洋，那么唯有发现心里一滴水的人，才能体会海洋也是一滴水的汇集与映现。轻视一滴水，就是轻视整个海洋，而能品味一滴水，也就能品尝海洋的真味了。

六

在人心所动的一刻，看见的万物都是动的，人若呆滞，风动幡动都会视而不能见。怪不得有人在荒原里行走时会想起生活的悲境大叹："只道那情爱之深无边无际，未料这离别之苦苦比天高。"而心中有山河大地的人却能说出"长亭凉夜月，多为客铺舒"，感怀出"睡时用明霞作被，醒来以月儿点灯"等引人遐思的境界。

七

心里常有花季的人，什么时候都是很好的，即使花都谢落，也有可观之处。

心里常有彩蝶的人，任何时候都充满颜色，有飞翔之姿。

八

一扇晴窗，在面对时空的流变时飞进来春花，就有春花；飘进来萤火，就有萤火；传进秋声，就有秋声；侵进冬寒，就有冬寒。闯进来情爱就有情爱，刺进来忧伤就有忧伤。一任什么事物到了我们的晴窗，都能让我们更真切地体验生命的深味。

只是既然是晴窗，就要有进有出，曾拥有的幸福，在失去时窗还是晴的；曾被打击的重伤，也有能力平复。努力维持着窗的晶明，任时空的梭子如百鸟之翔在眼前乱飞，也能有一种自在的心情，不致心乱神迷。

九

有的人种花是图利，有的人种花是为了打发无聊，我们不要成为这样的人，要真爱花才去种花——只有用"爱"去换"时空"才不吃亏，也只有心如晴窗的人才有真正的爱，更只有爱花的人才能种出最美的花。

十

有的人在满山蝉声的树林中坐着，也听不见蝉声；有的人在哄闹的市集里走着，却听见了蝉声。对于后者，他能在含笑花中看见饱满的喜悦，听见自己的只手之声；对于前者，即使全世界向他鼓掌，也是惘然，何况只是一朵花的含笑呢！

清玄说
093

有钱是很好的，有心比有钱更好。

有黄金是很好的，情感有光芒比黄金更好。

有钻石是很好的，真实的爱比钻石更好。

这世界并没有一个无寒暑的地方可以逃避生之恼，因此最好的方法是水里来、火里去，不避于寒热，寒热自然就无可奈何了！这也是一心一境。时人的苦恼就是寒热的时候怀念暑天，到了真正热的时节，又觉得能冷一些就好了。晴天的时候想着雨景之美，雨季来临时，又抱怨没有好的天色，因此，生命的真味就被蹉跎了。

一心一境是活在每一个眼前的时节，是承担正在遭受的变化不定的人生，那就像拿着铁锤吃核桃，核桃应声而裂。人生的核桃或有乏味之时，或有外面美好、内部朽坏的，但在每一个下锤的时节都能怀抱美好的期待。

一塵不染亦是沒有

塵埃而是當塵埃

飛揚我只有

我的陽光

丁酉歲末秋

三月牛大遂

心力正能量

一

只要在困难里可以坦然地活下去，就没有走不通的路，因此如何使自己的心宽广乐观地应对生活，比汲汲营营地想过好日子来得重要。

二

不管是快乐或痛苦，人生的历程有许多没有选择余地的经验，这是有情者最大的困局。我们也许做不到禅师那样明净空如，但我们可以转换另一种表现，试图去跨越困局，使我们能茶青水清，并用来献给与我们一样有情的凡人，以自己无比的悲痛来疗治洗涤别人生命的伤口，困局经常是这样转化，心灵往往是这样逐渐清明的。

三

我知道他在某一个角落里继续过着漂泊的生活，捕捉光明或黑暗的人所显现的神采，也许他早就忘记曾经剪过我的影子，这丝毫不重要，重要的是我们在一个悠闲的下午相遇，而他用二十年的流浪告诉我："世间没有真正的黑暗。"即使无人顾惜的剪影也是如此。

人的思考是如凤凰一样多彩，人一闪而明的梦想则是凤凰的翅膀，能冲向高处，也能飞向远方，更能历千百世而不消磨——因此，人是有限的，也是无限的。

在生活的会心里，我们时常做好一笑的准备，会使我们身心自在，处在一种开朗的景况，也使我们的心为之清澄，那么，不可思议的一悟就准备好了，只等待那闪电的一击。

唯有光明的心地才能回向，黑暗的心灵是没有能力回向的，所以想回向给别人，必先使自心光明。

在我的清明之湖泊，有一只时常起飞的天鹅，我看它凌空而去，用敏锐的眼睛看着世界，心里充满对生命探索的无限热忱。我让那只天鹅起飞，心里一点不操心，因为我知道天鹅有一个家乡，它的远途旅行只是偶然的栖息，它总会飞回来，并以一种优雅温柔的姿势，在湖中降落。

八

　　仙，左人右山，意思是，人的心志如果一直往山上爬，最后就成仙了。

　　俗，左人右谷，意思是，人的心志如果往山谷堕落，最后就是粗俗的凡夫了。

　　佛，左边是人，右边是弗，弗有"不是"之意，佛字如果直接转成白话，是"不是人"的意思。"不是人"正是"佛"，这里面有极为深刻的寓意。当一个人的心志能往山上走，不断地转化，使一切负面的情绪都转化成正面的情绪，他就不是一般的人，而是觉行圆满的佛了。

九

　　心里存有浩然之气的人，千里的风都不亦快哉，为他飞舞、为他鼓掌！

晴天時愛晴
雨天時愛雨
丁酉歲龍青牛於夏

人随心动

用同样的一把小提琴，可以演奏出无比忧伤的夜曲，也可以演奏出非凡舞蹈的快乐颂，它所达到的是一样伟大、优雅、动人的境界。人的身心只是一个乐器，演奏什么音乐完全要靠自己。

二

我们时常说，在黑夜的月光与烛光下就有了气氛，那是我们多出了一个想象的空间，少去了逼人的现实。即使在阳光艳照的天气，我们突然走进树林，枝叶掩映，点点丝丝，气氛仿佛滤过，就围绕了周边。什么才是气氛呢？因为不真实，才有气有氛，令人迷惑。或者说除去直接无情的真实，留下迂回间接的真实，那就是一般人口里的"气氛"了。

三

有一位花贩告诉我，几乎是所有的白花都很香，愈是颜色艳丽的花愈是缺乏芬芳，他的结论是："人也是一样，愈朴素单纯的人，愈有内在的芳香。"

有一位花贩告诉我，夜来香其实白天也很香，但是很少人闻得到，他的结论是："因为白天人的心太浮了，闻不到夜来香的香气，如果一个人白天的心也很沉静，就会发现夜来香、桂花、七里香，连酷热的中午也是香的。"

四

每个人的心灵里都有一块宝玉，只是没有被开发，大部分的人不开发自己的宝玉，却羡慕别人手上的玉，就如同一只手隐藏了原有的玉，又伸手向别人要宝物一样，最后就失去了理想的远景和心灵的壮怀了。

五

当我们可以有超越的心、承担的心、转化的心、融入的心，跟这个世界处在一个非常好的状态的时候，我们的欢喜心就慢慢地形成，生活就很容易处在一个清净、柔软、平常的状态。

六

包容的心是知道即使没有我，世界一样也会继续运行，时空也不会有一刻中断，这样可以让人谦卑；从容的生活是知道即使我再紧张再迅速，也无法使地球停止一秒，那么何不以从容的态度来面对世界呢？唯有从容的生活才能让人自重。

七

　　好的悲伤和好的唱歌都会令我们感动，感动是最好的，感动使我们
知悉生命的炽热，感动使我们见证了心灵的存在，感动使我们或悲或喜，
忽哭忽笑，强化了生命的弹性。

智慧是觀察與思考　智慧是
抉擇與判斷　丁酉歲初月平心

心隨境轉昰
凡夫境
隨心轉昰
聖賢 丁酉新月
牛力高

心存感恩

一

在污浊的人世，还能开着莲花，使我们能有清净与温柔的对待真值得感恩，"一念心清净，处处莲花开；一花一净土，一土一如来"。愿我们在观莲花的时候，也能反观自己的莲花，在我们一念觉悟、一念慈悲、一念清净、一念柔软、一念芬芳、一念恩泽等等菩提心转动的时候，我们的莲花就穿出贪嗔痴慢疑欲望的水面，在光明的晨光中开启了。

二

随喜，有一种非凡之美，它不是同情、不是悲悯，而是因众生喜而喜，就好像在连绵的阴雨之间让我们看见一道精灿的彩虹升起，不知道阴雨中有彩虹的人就不会有随喜的心情。因为我们知道有彩虹，所以我们布施时应怀着感恩，不应稍有轻慢。

三

心随境转是凡夫，境随心转是圣贤。用惭愧心看自己，用感恩心看世界。

四

每次转变，总会迎来很多不解的目光，有时甚至是横眉冷对千夫指。但对顺境逆境都心存感恩，使自己用一颗柔软的心包容世界。柔软的心最有力量。

五

我常说我是最幸福的人，这种幸福是因为我童年时代有好的双亲和家庭，我青少年时代有感情很好的兄弟姐妹；进入中年，娶了相知相契的妻子，有许多知心的朋友。我对自己的成长总抱着感恩之心，当然这里面最重要的基础是来自于我的父亲和母亲，他们给了我一个乐观、关怀、良善、进取的人生观。

六

每天我走完了黄昏的散步，将归家的时候，我就怀着感恩的心情摸摸夕阳的头发，说一些赞美与感激的话。

感恩这人世的缺憾，使我们警醒不至于堕落。

感恩这都市的污染，使我们有追求明净的智慧。

感恩那些看似无知的花树，使我们深刻地认清自我。

七

听完感恩与赞美，夕阳就点点头，躲到群山背面，只留下满天羞红的双颊。

最大的感恩是，我们生而为有情的人，不是无情的东西，使我们能凭借情的温暖，走出或冷漠或混乱或肮脏或匆忙或无知的津渡，找到源源不绝的生命之泉。

用惭愧心看自己
用感恩心看世界

在複雜的世界裡做個簡單的人

守护本心

一

你非草木，你怎知草木无心？你说人有心，人的心又在哪里呢？

二

如果能契入存在的本心，启发随意光明的妙用，苦行就像握着泥土变成黄金。如果只知道苦行，却不明白体会本心，被怨憎和贪爱所束缚，苦行就像黑暗的夜晚在险峻的路上行走。

三

感若相似，身必同受。芦花枫叶，因秋而发，这是秉持虔诚，与自然呼应。走在人群中的我们，又怎能冷峻孤傲。那供佛的莲花凋谢，尚留馨香一缕，落于水中，则气息清越；焚于炉底，则沉凝厚重，形虽散了，魂却不朽。

四

这些相信与不相信，是缘于我知道一切命运风水只是心的影子，一切际遇起落也只是心的影子。心水如果澄澈，什么山水花树在上面都是美丽的；心水如果污浊，再美丽的花照在上面也只有污秽的东西。

五

当我们的心静下来，烦恼喧哗，仿佛生命中的污泥，但我们也等待着，或者会有一朵莲花，一些清淳的智慧，从无明的、未名的角落，开起！

六

每天把自己的玉捏一捏，久而久之，不但能肯定自己的价值，也能发现别人的美质，甚至看见整个世界都有着玉石与琉璃的质感。

七

历代祖师都是单纯的人，我们要入菩提，要先直心，先成为一个单纯的人。

八

在无风的午后，在落霞的黄昏，在云深不知处，在树密波澄的林间，乃至在十字街头的破布鞋里，我们都可以找到荷花之心。同样的，如果我们无知，即使终日赏荷，也会失去荷花之心。

一个人的品质其实是与梅香相似，是无形的，是一种气息，我们如果光是赏花的外形，就很难知道梅花有极淡的清香；我们如果不能细心地体贴，也难以品味到一个人隐在外表内部人格的香气。

最可叹惜的是，很少有人能回观自我，品赏自己心灵的梅香，大部分人空过了一生，也没有体会到隐藏在心灵内部极幽微，但极清澈的自性的芳香。

枯就是荣，笑就是哭。只有在冬天落得很干净的树，春天才能吐出最翠绿的芽！只有哭得很好的人，才能笑得很好！

哭是很开朗的！笑是很庄严的！只要内心处在常醒的状态，一切都是好的。

每个人都有伤心的地方，但是每个人的伤心都不一样。

只可惜这水晶映现的沛然万象，凡俗的眼睛都把它当玻璃来看待。如果我们要看见这世界的美，需要有一对水晶一样自然清澈的眼睛；如果我们要体会宇宙更深邃的意义，则需要一颗水晶一样清明、没有造作的心。

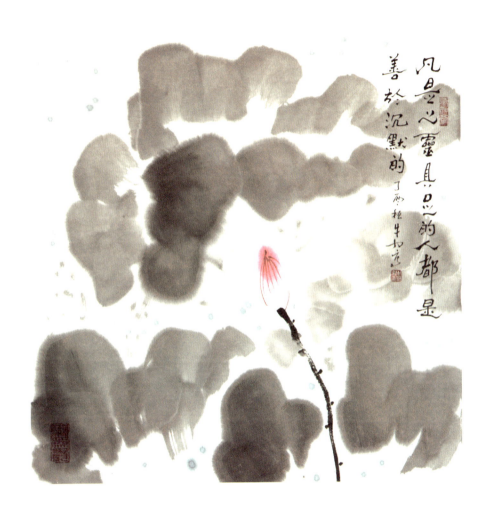

凡是心灵具足的人都是
善於沉默的

心的超越

一

过程里固然变化万千，结局也总是不可预测，我们可能同时受着雨的打击和阳光的温暖，我们也可能同时接受阳光无情的曝晒与雨水有情的润泽，山水介于有情与无情之间，能适性地、勇敢地举起脚步，我们就不会因自然的轻踩而感冒。

二

我们应该有肯定世间一切臭的污秽事物的气魄，因为再腐败的土地也会开出最美丽的莲花。如果莲花不出淤泥，而长在遍地天香的土地上，它的美丽也不会那么庄严。

三

我们评断一件东西，最好不要看它的大小，而要看它的精纯，它的品质好坏。看人也是一样，官大、财大、权大、名大的，小人也是很多的。艺术特别是这样，好画不一定要巨大，好音乐不一定要长，好文章也不一定要很长。

能把小东西做好的，才能把大东西做好；能照顾小节的人，才会有大的威仪。

四

任何事物都有界限，山再高，总有一个顶点；河流再长，总能找到它的起源；人再长寿，也不可能永远活着；雨也是这样，不可能遍天下都下着雨，也不可能永远下着……

五

一个人活在这个世界上，他的痛苦、失败、成功跟快乐，其实都是很类似的，但是有的人活得精彩，有的人活得开心，有的人却活得痛苦烦恼，那主要是因为心的态度。心有没有经过锻炼是很重要的。一个人要过得很开心，第一个非常重要的态度就是，你要不断有超越的心，不断地超越原来的自我。

六

人的贫穷不是来自生活的困顿，而是来自在贫穷生活中失去人的尊严；人的富有也不是来自财富的累积，而是来自在富裕生活里不失去人的有情。人的富有实则是心灵中某些高贵特质的展现。

面对外在世界的时候，我们不要被艳丽的颜色所迷惑，而要进入事物的实相，有许多东西表面是非常平凡的，它的颜色也素朴，但只要我们让心平静下来，就能品察出它内部最幽深的芳香。

假如一旦开悟就住在孤峰顶上，不能"入草"，失去世俗的平凡，这种开悟，就是焦芽败种的悟，不能对生命有所滋润与灌溉。

众生以菩提为烦恼
菩萨以烦恼为菩提

丁酉岁腊月 牛耕于京～

自身修行

一

人不是向外奔走才是旅行，静静坐着思维也是旅行，凡是探索、追寻、触及那些不可知的情境，不论是风土的，或是心灵的，都是一种旅行。

二

站在百尺竿头的人，若要更进一步，就不能向前飞跃，否则便会粉身碎骨。只有先从竿头滑下，才能去爬一百零一尺的竿子。

三

众生以菩提为烦恼，菩萨以烦恼为菩提。

四

《阿含经》中说的：莲花生在水中、长在水中、伸出水上，而不着于水。如来生于人间、长于人间、出于人间，而不执着人间的法。

五

佛陀说："正如这钵一样，如果你们的心量更大，烦恼和业障都不会困扰你；如果你的心像船一样大，不但可以载自己的石头，也可以载众生的石头，一起到彼岸！"

六

我们仿佛纵身于大浪，虽然紧紧抱住生命的浮木，却一点也没有能力抵挡巨浪，只是随风波浮沉。也才逐渐了解到因缘的不可思议，生命的大部分都是不可以预约的。

七

"自己"在时空中不断地蜕变，读完一本书和未读一本书的自己是不同的；懂得爱和不懂得爱的自己是不同的；心眼已开和心眼未开的自己又是不同的。

八

生命也像是在走钢索或凌空飞跃，在危险中锻炼了勇气，在失败中确立了坚强。

九

百货公司的香水，95%都是水，只有5%不同，那是各家秘方。人也是这样，作为95%的东西其实是很像的，比较起来差别就是其中很关键性的5%，包括人的养成特色，人的快乐痛苦欲望。香精要熬个五年、十年才加到香水里面去的；人也是一样，要经过成长锻炼，才有自己的味道，这种味道是独一无二的。

十

顺风的云像是写好的一首流浪的歌曲，而迷路的那朵就像滑得太高或落得太低的一个音符。

十一

专心喝茶的人才能品出茶的滋味，无心于睡觉的人才不会失眠，因此，我们遇到人生的转折时，若能无心于成败，专心于每一个转折，我们就可以免除执着的捆绑了。

十二

当一个社会懂得互相敬服和谦和时，表示这个社会比较文明，其民主也较扎实，因为文明或者民主，是从尊重他人开始的。

此生此時此地

丁酉岁秋月牛

回观自我

一

小丑由于认识自我，不畏人笑，故能悲喜自在；成功者由于回归自我，可以不怕受伤，反败为胜；禅师由于反观自我，如空明之镜，可以不染烟尘，直观世界。认识、回归、反观自我都是自己做主人的方法。

二

我们不只要常常擦拭自己的心灵之镜，来照见世间的真相；也要常常照照镜子，看看自己的长相与昨日的不同；更要照心灵之镜，才不会走向偏邪的道路。

三

在这个世界上，没有人能真正了解或知道我们，如果连自己都不能寻找生命的根源，不能觉知自我的光明，就连自己也不能自知了。

四

一个人面对外面的世界时，需要的是窗子；一个人面对自我时，需要的是镜子。面对外面用窗才能看见世界的明亮，面对自我用镜子才能看见自己的污点。其实，窗或镜子并不重要，重要的是心，心广大，书房就大；心明亮，世界就明亮；心如窗，就看见世界；心如镜，就观照了自我。

五

低头是谦诚有礼，看得破是要看破眼耳鼻舌身意六根，是要看破色声香味触法六尘，以及参破六道轮回，勘破贪嗔痴慢疑邪见六大烦恼。甚至也要看破人生的短暂，人身的渺小。

六

人生的缺憾，最大的就是和别人比较，和高人比较使我们自卑；和俗人比较，使我们下流；和下人比较，使我们骄满。外来的比较是我们心灵动荡不能自在的来源，也使得大部分的人都迷失了自我，障蔽了自己心灵原有的氤氲馨香。

因此，佛陀说：一个人战胜一千个敌人一千次，远不及他战胜自己一次。

七

一个人能"律己"才能反观自照,一个人能"无辩"才能放下自在,这是生活在现代社会多么必要的智慧!

八

修习禅法的人,固然要从自性开始,回到真实本来的面目,可是在外在的对应上,却必须知道连花草树木都是不可轻慢、不可任意摧折的,如果我们在面对外在事物的时候不能有敬重包容的心,不能把它放进自我心量的一部分,那我们就难以理解"有情无情,同圆种智"的真谛了。

九

你是你,已不是最初的你!你是你,也不是昨天的你!奔波来去的岁月,一站又一站的旅途,在动荡与流离中,只要返观自心、自净其意,就定了、静了、安了,使我不论在多么偏远的地方行脚,都能无虑而有得。每天的睡去,是旅程的一个终站。每天的醒来,是旅程的一个起点!

十

若有八万四千人认识我,知道我的名姓,也只是看见了我的一个面具。因为真实的我,永在改变中。我感恩这种"自己的不确定性",这使得从前一切的过错还能修正,所有缺憾都能弥补,未来充满了无限的可能。

十一

禅宗说"白马入芦花"，有的人明明是白马，入芦花久了，白白不分，以为自己是芦花了。 本来面目非常重要，只有本来面目，才能使我们做一个完整的人，以及做一个独立和成功的人。

十二

当我知道每一个我，每一个自己都是稍纵即逝，下一个自己是全新的。——这想法使我充满了启示，总使我有更深沉的感激、更非凡的勇气，去建造未来的自己。改变是可能的！开悟是可能的！从此时此地，走向康庄大道是可能的！

十三

我们在生命中所经历的一切，无非都是一些形式的展现。过去我们面对的形式与目前所面对的形式内容上有差异，但我们真实的自我并未改变。科技时代在冷气房中办公室的中年之我，与农耕时代在农田中播种耕耘的少年的我，还是同一个我。

十四

这个世界几乎没有一种固定的方法可以训练人表达无形的东西，于是，训练表达无形情感的唯一方法就是回到自身，充实自己的人格，使自己具备真诚无伪、热切无私的性格。

清玄说

123

如果你要戴上真正的桂冠
就永远只能放弃人生的苦楚

丁酉岁冬月
牛犇写

感悟生命

一

生命是那样美好，建议大家多做深呼吸，体会空气的清新，体味事物的美好。我喝水时总会想这也许是我喝过的最美味的水，时时要保持一种爱，学会欣赏美，唯有爱和美才是心灵的故乡。

二

海可能会枯，也可能不会，然而可以确定的是，我们看海的人一定会比海先枯。

三

生命中有三种层次的化妆，而生命的化妆才能算是最高等的化妆。

四

事物的价值是因为"意义"而确定的，意义则是由于"心的态度"而确立的。

五

对生命的恒常有祝福之念，对生命的变化有宽容之心。

六

可叹的是，我们追求生命更高的境界已经形成根深蒂固的欲求，生命本质里的奥妙，在轻忽中，早就失去了。

七

人之所以在生时承受喜怒的燃烧，在死时纠葛着忧伤、不安与悔恨，那是由于无法体验"我只是在这里站着"那样的承担！

八

生命真正的桂冠到底是什么呢？是做一个正常的人而与草木同朽？或是在挫折之后，从灵魂的最深处出发而获得永恒的声名？这些问题没有单一的答案，答案在于，在命运的摆布之中，是否能重塑自己，在灰烬中重生。

九

对我们来说，只有当我们知道快乐与悲伤是生命必然的两端时，我们才有好的态度来面对生命的整体。

如果生命里只有喜乐，生命就不会有深度，生命也会呈单面的发展，像海面的波浪。如果生命里只有悲伤，生命会有深度，但生命将会完全没有发展，像静止的湖泊。唯有生命里有喜乐有悲伤，生命才是多层面的、有活力的、有深度的，又能发展的。

　　遇到生命的快乐，我要庆祝它！遇到生命的悲伤，我也要庆祝它！庆祝生命是我的态度，不管是遇到什么！快乐固然是热闹温暖，悲伤则是更深刻的宁静、优美，而值得深思。

　　　　　　　　　　　　十

　　人既是这样脆弱，一片片地凋落着，从人而来的情爱、苦痛、怨憎、喜乐、嗔怒是多么的无告呢？当我们觅寻的时候，是茫茫大千，尽十方世界觅一人为伴不得；当我们不觅的时候，则又是草漫漫的、花香香的、阳光软软的，到处都有好风漫上来。

　　　　　　　　　　　　十

　　而生命呢？在沉静中却慢慢地往远处走去。它有时飞得不见踪影，像一只鼓风而去的风筝，有时又默默地被裁剪，像一朵在流着生命汁液的马蹄兰。

　　　　　　　　　　　　十

　　这个世界的苦难，总是不时地从我们四周跑出来，我们意识到苦难，却反而感知了自己的渺小、感知了自己的无力。

人间虽有生苦、有老苦、有病苦、有死苦、有爱别离苦、有怨憎会苦、有所求不得苦、有五阴盛苦、有失去荣乐苦等诸苦，可是到底有苦有乐，有臭有香，是个多姿多彩的世界。

把人生的历程拉长来看，忧欢是生命中一体的两面，它们即使不同时现起，也总是相伴而行。

唯有空破
能天闢
地

闊丁酉
歲初月
牛太真呀

与苦难同行

一

命运中的不幸与困苦，确是无奈而逼人的，可是与其呼天抢地、哀号滚动，还不如静静地注视那压来的石头，正如要使混浊的泥水澄清，最好的方法就是平静不动。平静不动不是屈服或顺从，而是放开胸怀来看待，因为胸怀无限地放开，便能无限地接纳，便能得到空性的自由。

二

在实际人生中也是如此，生命的过程原是平淡无奇，情感的追寻则是波涛万险，如何在平淡无奇波涛万险中酿出一滴滴的花蜜，这花蜜还能让人分享，还能流传，才算不枉此生。虽然炼蜜的过程一定是痛苦的，一定要飞过高山平野，一定要在好多的花中采好少的蜜，或许会疲累，或许会死亡。

可是痛苦算什么呢？每一杯蜂蜜都是炼过几只蜂的。

相对一个轮回，人的一生是一个短暂的过程，在旋转，变化，生灭。谁能管住阳光一样的美丽，谁能管住阴雨仿佛的忧愁。

四

水清无鱼、山乱无神，让我们坦然于生活里的痛苦与失败，因为这正是欢喜与成功的养料，没有比这种养料对于人格的壮大、坚强、圆满更有益的了。

五

以金钱为人生单一价值取向的人，免不了人格就会有缺憾，在有钱的时候，他会变成傲慢、奢侈、趾高气扬的人；在没钱的时候，就会变得自卑、畏缩、自暴自弃。更悲哀的是，不管有钱没钱，对这个社会都有比较心、抗争心，与仇恨心，他在追逐的过程便会不择手段。

六

人世间的苦痛不外乎贫穷、疾病、孤独、死亡、爱欲不能圆满等等，这原是无可如何之事，但如果我们能往前回溯，心情一如赤子，则番薯菜叶也自有孔雀开屏的风采，自然能活得多一点点心安、多一点点自在。

七

　　人生里退后一步并不全是坏的，如果在前进时采取后退的姿势，以谦让恭谨的方式向前，就更完美了。"前进"与"后退"不是绝对的，假如在欲望的追求中，性灵没有提升，则前进正是后退；反之，若在失败中挫折里，心性有所觉醒，则后退正是前进。

八

　　宝光生起的人，泰然自若，沉静谦卑，既不显露，也不隐藏，他与平常人无异，只是在生活中保持着灵敏和觉知。

如果人能
快樂的
歸
去死之
就烹
能殺人
反而
是人
殺掉
了死之

丁酉
歲
孟秋
之月
蘇子

齐生死

一

如果人能快乐地归去，死亡就不能杀人，反而是人杀掉了死亡。

二

因为有愿望，生命的进程既不是偶然，也非必然。每一步都牵引着下一步，每一个转弯都面向了不同的方向。人生的许多事都是可以预期，却也是不可思议。

三

我想到，人世间的波折其实也和果树一样。有时候我们面临了冬天的肃杀，却还要被剪去枝桠，甚至留下了心里的汁液。有那些怯懦的，他就不能等到春天。只有永远保持春天的心情等待发芽的人，才能勇敢地过冬，才能在流血之后还能枝繁叶茂，然后结出比剪枝之前更好的果。

四

有时候抽象的事物也可以让我们感知，有时候实体的事物也能转眼化为无形，岁月当是明证，我们活的时候真正感觉到自己是存在的，岁月的脚步一走过，转眼便如云烟无形。但是，这些消逝于无形的往事，却可以拿来下酒，酒后便会浮现出来。

五

我觉得一个人活在这个时空里，只是偶然地与宇宙天地擦身而过，人与人的擦身是一刹那，人与房子的擦身是一眨眼，人与宇宙的擦身何尝不是一弹指顷呢？我们寄居在宇宙之间，以为那是真实的，可是蓦然回首，发现只不过是一些梦的影子罢了。

六

人是有机的，当我们重新组合自己，就会有新的创造；人是有机的，最凶险的疾病，都有人康复；人是有机的，只要保有希望，就会点燃宇宙的希望之火；人是有机的，有正向的信念，就会有正向的未来。

七

生死的情感，时间也可以消化。

快樂活在當下盡心
就是完美 丁酉歲
秋月 牛妄畫

快乐秘诀

一

生命里有许多正向时刻，也有许多负向时刻，一个人快乐的秘诀，便是抓住那正向的时刻，使它更充盈；转化负向的时刻，使它得到清洗。

二

幸福快乐不是一个结局，只是一个方向罢了，我们只能说一直在往那个方向走，而不能说是在朝那个结局前进。

三

欢喜的心最重要，有欢喜心，则春天时能享受花红草绿，冬天时能欣赏冰雪风霜，晴天时爱晴，雨天时爱雨。

四

关键是觉悟，人生的快乐痛苦都是觉悟。

五

人生有一半的生命是负面的情绪，什么样的人可以活得更开心呢？就是能不断把负面的情绪转化成正面的情绪的人。悲伤痛苦要很快地结束它或者减短它，增长你快乐、幸福的那一面。

六

万事万物就看你的心怎么想，事情的好坏无所谓，心想的好坏才可以使一个人有喜怒哀乐！想要快乐人生，心就先快乐！

七

开心不仅仅是心里的感觉，而是因为你有了开心的感觉，于是别人可以从你的脸上读到微笑，读到开心。如果你在生活中比较细心的话，你就会知道世间最美丽的表情就是微笑。如果你想天天拥有世间最美丽的表情，那么请把开心当成一种习惯吧！

八

这世间真的有人找到过幸运草吗？也许，世界上根本没有幸运草。又或许幸运草根本不在草里。幸运草多出来的一片，确实不在草里，而是在我们的心中。只要我们的心够宽广坚强，只要我们的情够细腻温柔，只要我们的爱够深刻美好，只要我们一直保有喜悦自由的生命姿态，我们的心就会长出一株美丽的、四个叶片宛然的幸运草。

我，宁与微笑的自己做搭档，也不与烦恼的自己同住。我，要不断地与太阳赛跑，不断地穿过泥泞的路，看着远处的光明。

十

当我们活在当下的那一刻，才能斩断过去的忧愁和未来的恐惧，当我们斩断过去的忧愁和未来的恐惧，才可以得到真正的自由。

人 间 有 情

——清玄说

醉過方知酒濃 愛後方知情重 丁丑年 新月 朱立言

爱是什么

一

爱的开始是一个眼色，爱的最后是无尽的苍穹。

二

爱，也是在流水上写字。当我们说爱的时候，爱之念已流到远处。美丽的爱是写在水上的诗，平凡的爱是写在水上的公文，爱的誓言是流水上偶尔飘过的枯叶，落下时，总是无声地流走。

三

醉后方知酒浓，爱过方知情重，你梦里有我，我醉了也忘不了你。我如何知道这是白天？你在我生命里。我如何知道这是夜晚？你在我心上。

每个人在年轻时候，多少有一点罗密欧与朱丽叶的激情，在梦与醒的边缘、在爱与恨的分际挣扎。爱的时候，不要说对自己、对月亮起誓了，甚至对着皇天后土、宇宙洪荒起誓，恨不能把自己切成一片片放在爱人面前来表明心迹；可是激烈的情爱也导致深刻的仇恨，很少人能在爱人离开时抱着宽容与感激的心情，大多数人都恨不得把负心的人切成一片片来祭祀自己情感的伤痕。

所有的人都喜欢丈量爱情，而且量的单位用厚、薄、深、浅，常常用深厚来与浅薄相对照，每个人都不移地执着自己爱情的深厚。我独独喜爱以"重"为单位来衡量，因为只有重，才会稳然地立着；也只有重，才能全然表现出情爱，除了享乐还有负荷的责任。爱情只有在重量里，才可以象征精神的和物质的质量。

我觉得在人的情感之中，最动人的不一定是生死相许的誓言，也不一定是缠绵悱恻的爱恋，而是对远方人的思念。因为，生死相许的誓言与缠绵悱恻的爱恋都会破灭、淡化，甚至在人生中完全消失，唯有思念能穿破时间和空间的阻隔，永远在情感的水面上开花，犹如每日黄昏时从山头升起的月亮一样。

粗率的恋爱容易结出不幸的果子，如果我们一直把情爱看成极易的下流和极难的形上，必然会走回扭扭捏捏的故态中去。爱情不是远天的星子，是天天照耀我们的路灯；不是杳无人迹的高原细径，是每日必要来回的街路；更不是寂静苍茫的雾夜，是必看得见的白天。

八

在现时代里，爱情逐渐成为一个空洞的名词。当人们要肯定它的时候，它逃遁了；当人们要否定它的时候，它又悄悄地来了。

九

爱情是有季节的，天底下没有永远的春天。我常常说爱情在人生里，好像穿了一件高贵的礼服，是那样庄严、美丽、华贵、令人向往，但没有人能一生都穿着礼服的。

十

对于爱情，我们都太年轻了，而且我们永远太年轻，不知道人活在这个世界上，爱情有多少面目。

为什么说是爱河呢？由于爱欲和河一样具有三种特性，一种是容易
使人沉溺，不易自拔；第二种是爱欲的心就像河水一样，能浸染入最深
的地方，例如我们用铁锤击石，石头会碎裂，但不能击碎每一个分子，
可是如果我们把石头丢入河里浸染，它可以湿濡石头的任何一个分子，
年深日久甚至把它们分解成粉末；第三种是难以渡越，不管是贩夫走卒，
王公将相，都无法一步跨过河的对岸，同样地，要一步从情爱的束缚中
走过也非常地不易。

看清爱与恨在人生中的实相，对我们坚定的步伐是有帮助的，被恨
淹没的人是多么愚痴，但被爱所蒙蔽的人不也是一样无知的吗？如果我
们能以清明的心来对待爱，并且以更超越的爱来宽恕失落的情意，才能
让我们登高，看到人生中更高明的境界。

爱情就是爱情，即使当柴烧也是美的。

我们为什么对一个人完全无私地溶入爱里会有那样庄严的静默呢？
原因是我们往往难以达到那种完全溶入的庄严境界。

十五

使我痛心的是，为什么那些勇于承担爱的人，往往为了得到咫尺的爱而奔波千里？为什么有好的环境可以去爱的人，却使唾手可得的爱流放于千里之外？

十六

爱恨的面目虽然有所不同，本质却是一样的，一个爱情激烈的人通常仇恨也很激烈。仇恨的仙人掌通常是开在爱的沙漠；博爱的莲花却是从仇恨的污泥中穿越。人不必一定断除爱恨，但人要努力地使爱澄澈如清晨的水面，使恨明朗如午后的微风。

十七

许久以来，我一直在找一个理由来说明我为什么爱你，可是我找不到，因为我不能把对你的爱只限定于一个理由。

十八

泪，乃是爱之凝聚。这世界上只有两种人不会流泪，一种是完全没有爱，铁石心肠的人。一种是从爱中超脱出来，不被爱所束缚与刺伤的人。

清玄说

147

十九

不能进入微细的爱里的人，不只是粗鄙，他也一定不能品味比较高层次的心灵之爱，他只能过着平凡单调的日子，而无法在生命中找到一些非凡之美。

人要從無情變成有情固然不易是要由有情修得無情或者不動情的境界原來也是這般的難工而藏

情无可逃

一

情仿佛是一个大盆，再善游的鱼也不能游出盆中，人纵使能相忘于江湖，情是比江湖更大的。

二

记得日本小说家武者小路实笃曾写过一个故事，传说有一个久米仙人，在尘世里颇为情苦，为了逃情，入山苦修成道，一天腾云游经某地，看见一个浣纱女足胫甚白，久米仙人为之目眩神驰，凡念顿生，飘忽之间，已经自云头跌下。可见逃情并不是苦修就可以得到。

三

年纪稍长，才知道"竹杖芒鞋轻胜马，谁怕？一蓑烟雨任平生"的境界并不容易达致，因为生命中真是有不少不可逃不可抛的东西，名利倒还在其次；至少像一壶酒、一份爱、一腔热血都是不易逃的，尤其是情爱。

四

如果有人问我："世间情是何物？"我会答曰："不可逃之物。"连冰冷的石头相碰都会撞出火来，每个石头中事实上都有火种，可见再冰冷的事物也有感性的质地，情何以逃呢？

五

我觉得"逃情"必须是一时兴到，妙手偶得，如写诗一样，也和酒趣一样，狂吟浪醉之际，诗涌如浆，此时大可以用烈酒热冷梦，一时彻悟。倘若苦苦修炼，可能达到"好梦才成又断，春寒似有还无"的境界，离逃情尚远，因此一见到"乱头粗服，不掩国色"的浣纱女就坠落云头了。

六

我想，逃情最有效的方法可能是更勇敢地去爱，因为情可以病，也可以治病；假如看遍了天下足胫，浣纱女再国色天香也无可如何了。

七

情者是堂堂巍巍，壁立千仞，从低处看是仰不见顶，自高处观是俯不见底，令人不寒而栗，但是如果在千仞上多走几遭，就没有那么可怖了。

物固然是足以困人，情更比物要厉害百倍。对于情的执迷，为情所困，就叫"痴"，痴是人世间的三毒之一（另外两毒是贪与嗔），情困到了深处，则三毒俱现，先是痴迷，而后贪爱，最后是嗔恨以终。情困是一切烦恼的根源，没有比这个更厉害了。

爱的开始是一个眼
色爱的最后
是无尽
的苍穹工尼藏
辛丑牛打亮

唯有思念能穿破時間
和空間的阻隔永遠
在情感的水面上開花

浪漫之恋

一

把初恋的温馨用一个精致的琉璃盒子盛装，等到青春过尽垂垂老矣的时候，掀开盒盖，扑面一股热流，足以使我们老怀堪慰。

二

什么是浪漫？"浪费时间慢慢吃饭，浪费时间慢慢走，浪费时间慢慢喝茶……这些都是浪漫"，浪漫其实就是创造一种时空、一种感受、一种向往、一种理想，在你的世俗土地上开出一朵玫瑰花。

三

不要指着月亮发誓，因为月有阴晴圆缺；如果要发誓，请对着自己发誓——让我们真诚对待人间的一切情爱吧！尽我的所能不去伤害对方，不伤害自己！让爱或恨都能升华，化成我生命中坚强的力量。

四

　　被情爱所系缚，被情爱所茧结，被情爱所迷惑，被情爱所执染，几乎是人间不可避免的，但当情爱已经消失的时候，自己还系缚茧结自己，自己还迷惑执着自己，这就是真正的情困。

五

　　远方的思念是情感中特别美丽的一种，可惜这个时代的人已经逐渐失去了这种情感，就好像越来越少人能欣赏晚上的月色、秋天的白云、山间的溪流一般。人们总是想，爱就要轰轰烈烈，要情欲炽盛，要合乎时代的潮流，于是乎，爱的本质就完全地改变了。

六

　　思念的情感不是如此，它是心中有情，但眼睛犹能穿透情爱，有一个清明的观点。一如太阳在白云之中，有时我们看不见太阳，而大地仍然非常明亮。太阳是永远存在的，一如我们所爱的人，不管他是远离、死亡，还是背弃，我们的思念永远不会失去。

七

　　我们的相思，可以使我们的意念如顺风的船，顺利地驶向目的地；但这种意念顺利地开拔，是不是让我们从相思里产生一些自觉呢？自觉到我们的生命所要驶去的方向，这样相思才不会因烧灼使我们堕落，且因距离而使我们清明。

相識的時候是花結蕾相愛
的時候是繁花盛開
離別之際是花朵落在微風
抖顫的黑夜

稚月 牛和惠

失恋之泪

一

玫瑰与爱是如此类似，盛开的玫瑰会一瓣一瓣落下，爱到了顶点，也会一步步地走入泪中。

二

许多曾受过情感折磨的人，他们有许多经验、方法，乃至智慧，告诉我们应该如何对治感情的失落。可是他们不能代我们受折磨，失恋到最后只还原到一个单纯的动作，就是让事情过去，自己独饮生命的苦水，并品出它的滋味！

三

我们尝过情感与生命的大苦的人，并不能告诉别人失恋是该欢喜的事。因为它就是那么苦，这一层次是永不会变的，可是不吃苦瓜的人，永远不会知道苦瓜是苦的。

四

当我们失恋的时候，如果有人告诉我们，生命里有比失恋更苦难的承受，我们真的很难相信，就像鱼缸的鱼不能想象海上的狂涛一样。等到我们经验了更多的沧桑巨变，再回来一看，失恋，真的没有什么。

五

在生命里，有很多历程除了苦痛，没有别的感受。失恋，至少还值得回味，至少有凄凉之美，至少还令我们验证到情感的真实与虚幻。

六

人间没有两个爱情故事是相同的吧！正像谢了的菊花，大部分爱情都会凋谢，却没有两个是完全相同地落在一处。

七

情感的挫折与苦难是生命必然的悲情，可是谁想过：
落花飞舞之后，春天的新芽就要抽出！
蜡烛烧尽的时候，黎明的天光就要掀起！
春蚕吐丝自缚的终极，是一只蛾的重生！

八

我想起在青年时代，我的水缸也曾被人敲碎，我也曾被一起发过誓的人背叛，如今我已完全放下了诅咒与怨恨，只是在偶尔的情境下，还不免酸楚、心痛。

九

相识的时候是花结成蕾，相爱的时候是繁花盛开，离别之际是花朵落在微风抖颤的黑夜。

十

对待我们的生命与情爱也是这样的，时时准备受苦，不是期待苦瓜变甜，而是真正认识那苦的滋味，才是有智慧的态度。

十一

我们对一个人由爱生恨，有时是因我们自己产生了厌离之心，但大部分时间是由于那个对象背弃了我们，后一种情况比较严重，是我们自己用有毒的铅箭射中我们自己，我们的一念怨毒就是一支铅箭，我们天天怨毒就天天中箭。

十二

　　因缘的散灭不一定会令人落泪，但对于因缘的不舍、执着、贪爱，
却必然会使人泪下如海。

十三

　　反过来说，一个人和爱人分离的心情，若能有如放下名贵茶具的手
那么细心，把诀别的痛苦化为祝福的愿望，心中没有丝毫憎恨，留存的
只有珍惜与关怀，才是懂得爱情的人。

人生最美是清歡

丁酉歳新月牛耘畫

清欢有味

一

一个人以浊为欢的时候，就很难体会到生命清明的滋味，而在欢乐已尽，浊心再起的时候，人间就愈来愈无味了。

二

清欢几乎是难以翻译的，可以说是"清淡的欢愉"，这种清淡的欢愉不是来自别处，正是来自对平静疏淡简朴生活的一种热爱。当一个人可以品味出野菜的清香胜过了山珍海味，或者一个人在路边的石头里看出了比钻石更引人的滋味，或者一个人听林间鸟鸣的声音能感受到比提笼遛鸟更多的感动，或者体会了静静品一壶乌龙茶比起参加喧闹的晚宴更能清洗心灵……这就是"清欢"。

三

生在这个时代，为何"清欢"如此难觅？眼要清欢，找不到青山绿水；耳要清欢，找不到宁静和谐；鼻要清欢，找不到干净空气；舌要清欢，找不到蓼茸蒿笋；身要清欢，找不到清凉净土；意要清欢，找不到智慧明心。如果要享受清欢，唯一的方法是守在自己小小的天地里，洗涤自己的心灵，因为在我们的世界拥有愈多的物质，我们清淡的欢愉就日渐失去了。

四

第一流人物是什么人物？

第一流人物是在清欢里也能体会人间有味的人物！

第一流人物是在污浊滔滔的人间，也能找到清欢的人物！

五

让世界的吵闹去喧嚣它们自己吧！让湖光山色去清秀它们自己吧！让人群从远处走开或者自身边擦过吧！我只要用四个手掌，围成一个小小的谷，纯粹只有我们自己的风雨和阳光，纵是落雪之夜，让零落凝结在天边的黑暗中，我们的世界里唱着一首暖暖的歌。

六

五月松风，人间无价；满目青山，菠萝蜜多。

七

我曾经走入盛开着小黄花的茴香田里，对着那漫天飞舞的黄花绿叶，深深地呼吸，妄图把茴香的香气储存在胸臆。

八

山中有水，水中有山；我中有山水，山水中有我；山水可以有我或无我，我也可以有山水或没有山水。山水与我同存于天地，相融而不相碍，平等而不对立。

九

你有想过到办公室的顶楼看一夜的星星吗？

十

我们在钻石的光芒中找到的美不一定是纯粹的美，我们在海边无意拾获的贝壳之美才是纯粹的美。我们在标价百万的兰花上看到的美不一定是真实的美，我们在路边无意中看见的油菜花随风翻飞才是真实的美。

十一

当我们回到生活的原点，还原到素朴之地的生活，无非是"轻罗小扇扑流萤"，无非是"薄薄酒，胜茶汤，粗粗布，胜无裳"，或者是"短笛无腔信口吹"，或者是"小楼昨夜听春雨"。

心美一切皆美
情深萬象皆深
丁酉歲
秋月牛十

情在心间

一

我们可以意不在草木，但草木正可以寄意；我们不要叹草木无情，因草木正能反映真性。

二

几个卖花的人告诉我，最常向他们买花的是出租车司机，大概是出租车司机最能理解辛劳奔波的生活是什么滋味，他们对街中卖花者遂有了最深刻的同情。其次是开小车子的人。最难卖的对象是开着豪华进口车，车窗是黑色的人，他们高贵的脸一看到玉兰花贩走近，就冷漠地别过头去。

三

世界原是如此辽阔，多情而动人；心灵则是深邃、广大，有无限的空间；对一位生在乡下的平凡少年，光是这样想，就好像装了两只坚强的翅膀。

四

在生命里确实是这样的，有时我们是站在咸地上，有时还会被咸风吹拂，这是无可如何的景况，不过，如果我们懂得转化、对比，在逆境中或许可以结出更香脆甜美的果实。

五

在有情者的眼中，蓝田能日暖，良玉可以生烟；朔风可以动秋草，边马也有归心；蝉噪之中林愈静，鸟鸣声里山更幽；甚至感时的花会溅泪，恨别的鸟也惊心……

六

一个有情的人虽不能如无情者用那么多的时间来经营实利（因为情感是要付出时间的），可是一个人如果随着冷漠的环境而使自己的心也沉滞，则绝对不是人生之福。

七

每次我看到林中歌唱的小鸟，总为它们的快乐感动；看到天际结成"人"字、一路南飞的北雁，总为它们的互助相持感动；看到喂饲着乳鸽的母鸽，总为它们的亲情感动；看到微雨里比翼双飞的燕子，总为它们的情爱感动。这些长着翅膀的飞禽，处处都显露了天真的情感，更不要说在地上体躯庞大、头脑发达的走兽了。

八

当我看到人因为情感受创而落泪的时候，我在心酸里有一种幽微的欣慰，想到在这冷落无情的社会，每天耳闻的都是物质与感官的波澜，能听到有人为爱情而哭，在某一个层面，真是好事。

九

让锦瑟发声，让飞花落下，让春蚕吐丝，让蜡烛流泪，让时光的河流轻轻流过一些生命里伤心的渡口吧！

我们的船还要前航，扯起逆风的帆，在山水之间听听杜鹃鸟伤心的啼声，听久了，那啼声不觉也有超越的飞扬的尾音。

十

我想，更好的态度是"惜缘"，珍惜今生的每一次会面、珍惜今生的每一次爱情，甚至珍惜每一次因缘的散灭，才使我们能相思、懂得相思，并且在相思时知道因缘的真谛，而不存有丝毫的遗憾与怨恨。

十一

生命的历程就像是写在水上的字，顺流而下，想回头寻找的时候总是失去了痕迹，因为在水上写字，无论多么的费力，那水都不能永恒，甚至是不能成形的。

因此，如果我们企图停驻在过去的快乐，那真是自寻烦恼，而我们不时从记忆中想起苦难，反而使苦难加倍。生命历程中的快乐或痛苦，欢欣或悲叹都只是写在水上的字，一定会在时光里流走。

十二

我常觉得特别是心思细致、敏感的人，活在这个世界上所感受到的苦是加倍的，不过反过来说细致敏感的人所得到的快乐也会加倍，智慧也会加倍。

十三

我们都知道击石取火是祖先的故事，本来是两个没有生命的石头，一碰撞却生出火来，石中本来就有火种——再冷酷的事物也有它感性的一面——不断地敲击就有不断的火光，得火实在不难，难的是，得了火后怎么使那微小的火种得以不灭。

十四

"怨"是又恨又叹的意思，有许多抱怨的时刻，有很多无可奈何的时刻，甚至也有很多苦痛无处诉的时刻。"央"是求的意思，是《诗经》中说的"和铃央央"的和声，是有求有报的意思，有许多互相需要的时刻，有许多互相依赖的时刻，甚至也有很多互相怜惜求爱的时刻。

十五

第一流的人物看白云虽是至美，却不想拥有，只想心领神会。今生今世，情如白云过隙，物则是梦幻泡影。

十六

记得我的父亲常挂在嘴上的一句话是："人活着，要像个人。"当时我不懂这句话的含义，现在才算比较了解其中的玄机。即使生活条件只能像动物那样，人也不应该活得如动物，失去人的有情、从容、温柔与尊严。在中国历代的忧患悲苦之中，中国人之所以没有失去本质，实在是来自这个简单的意念："人活着，要像个人！"

十七

在时间上、在广袤里、在黑暗中、在忧伤深处、在冷漠之际，我们若能时而真挚地对望一眼，知道石心里还有温暖的质地，也就够了。

十八

同一棵树，春天来的时候就发芽生长，冬天来了便落叶萧瑟。同样的一个人，心中有爱就点石成金，失去了爱则黄金也变成铅。

十九

在某一个层次上，我们都是无脚的人，如果没有人与人间的温暖与关爱，我们根本就没有力量走路，不管在任何时候任何地方，我们见到了令我们同情的人而行布施之时，我们等于在同情自己，同情我们生在这苦痛的人间，同情一切不能离苦的众生。倘若我们的布施使众生得一丝喜悦温暖之情，这布施不论多少就有了动人的质地，因为众生之喜就是我们之喜，所以佛教里把布施、供养称为"随喜"。

真正美麗的眼睛就是最好
的釉手以為生命上釉無關於名字

丁亥歲花月牛扣寬之

外物寓情

一

　　偶尔在静寂的夜里，听到邻人饲养的猫在屋顶上为情欲追逐，互相惨烈的嘶叫，让人的寒毛全部为之竖立，这时我会想：动物的情欲是如此的粗糙，但如果我们站在比较细腻的高点来回观人类，人不也是那样粗糙的动物吗？

二

　　时间就是生命的元素，时间里没有弹性，生命的弹性自然受到压抑，甚至会失去了。我们如果要回复生命的弹性，就要减少"外部自我"的负荷，放下许多不必要的欲望。

三

　　在现代社会，外部自我的扩张常使我们误以为外部的自我才是重要的，反而失去对内在自我的体验与观察。
　　例如，许多人去征服玉山、大霸尖山、喜马拉雅山，却很少人有攀登自己内心高峰的经验。

例如，许多人足迹踏遍全世界，却很少人做内在的冥想的旅行。

例如，许多人每天要看报、读书、听广播、看电视，却很少人听见自己内在的声音。

四

一个人对于苦乐的看法并不是一定，也不是永久的。许多当年深以为苦的事，现在想起来却充满了快乐。

五

凡是无形的事物就不能用有形的标准来衡量，像友谊、爱情、名誉、自尊、操守等等，全不能以有形的价值来加以论断，如果要用有形来买无形，都是有罪的。

六

如果我们送人一颗钻石，里面的情感就不易纯粹，因为没有人会白送人钻石的；如果是送一朵玫瑰，它就很难掺进一丝杂质，由于它的纯粹，钻石在它面前就显得俗气了。

七

身如流水，日夜不停流去，使人在闪灭中老去。心如流水，没有片刻静止，使人在散乱中活着。

八

世界在转动着，我们只是这转动中的一块石头，甚至一粒微尘！可悲的不在于时空的辽远与世界的宽阔，而是我们的渺小与幽微。

九

每次看到那一字排开的落地生根，就觉得人的生命力与创造力应该像它一样，即使在恶劣的环境中被铲成八节，节节都是完整的，里面都有一个优美的、风格宛然的自我。

十

紫茉莉是我童年里很重要的一种花卉，因此我在花盆里种了一棵，它长得很好，可惜在都市里，它恐怕因为看不见田野上黄昏的好景，几乎整日都开放着，在我盆里的紫茉莉可能经过市井的无情洗礼，已经忘记了它祖先对黄昏彩霞的选择了。

我每天看到自己种植的紫茉莉，都悲哀地想着，不仅是都市的人们容易遗失自己的心，连植物的心也在不知不觉中迷失了。

天寒露重望君
保重 丁酉之秋
秋月牛叔宽

温润友情

　　人生的朋友大致可以分成四种类型，一种是在欢乐的时候不会想到我们，只在痛苦无助的时候才来找我们分担，这样的朋友往往也最不能分担别人的痛苦，只愿别人都带给欢乐。他把痛苦都倾泻给别人，自己却很快地忘掉。

　　一种是他只在快乐的时候才找朋友，却把痛苦独自埋藏在内心，这样的朋友通常能善解别人的痛苦，当我们丢掉痛苦时，他却接住它。

　　一种是不管在什么时刻什么心情都需要别人共享，认为独乐乐不如众乐乐，独悲哀不如众悲哀，恋爱时急着向全世界的朋友宣告，失恋的时候也要立即告诸亲友。他永远有同行者，但他也很好奇好事，总希望朋友像他一样，把一切最私密的事对他倾诉。

　　还有一种朋友，他不会特别与人亲近，他有自己独特的生活方式，独自快乐、独自清醒，他胸怀广大、思虑细腻、品味优越，带着一些无法测知的神秘，他们做朋友最大的益处是善于聆听，像大海一样可以容受别人欢乐或苦痛的泻注，但自己不动不摇，由于他知道解决问题的关键，因此对别人的快乐鼓励，对苦痛伸出援手。

二

朋友的情义是难以表明的，它在某些质地上比男女的爱情还要细致，若说爱情是彩陶，朋友则是白瓷，在黑暗中，白瓷能现出它那晶明的颜色，而在有光的时候，白瓷则有玉的温润，还有水晶的光泽。君不见在古董市场里，那些没有瑕疵的白瓷，是多么名贵呀！

三

当然，朋友总有人的缺点，我的哲学是，如果要交这个朋友，就要包容一切的缺点，这样，才不会互相折磨、相互受伤。

四

寻找泉水并挑担到市街上的过程，是非常寂寞的，可是在市井中如果遇到知音，也有不寂寞的时刻，就像两朵云在天空相遇而变成了一朵云。

五

从前，我们在有友谊的地方得到心的明净、得到抚慰与关怀、得到智慧与安宁。现在有许多时候，"朋友"反而使我们混浊、冷漠、失落、愚痴与不安。

六

天寒露重，望君保重。

七

人生就像一列火车，有人上车，有人下车，没有人会陪你走到最后，碰到了即便是有缘，即使到了要下车的时候，也要心存感激地告别，在心里留下那空白的一隅之地，等到多年后想起时依然心存甘味。

八

特别相知的朋友往往远在天际。

九

有几个朋友同时来向我诉苦，他们都在同一个办公室做事，关系不良、错综复杂，但他们分别是我的朋友。

他们相互之间看到的都是缺点，可能是距离近的缘故。

我看到他们的都是优点，可能是距离保持的缘故。

再溫柔平
和寧靜
的落
雨
也有
把人浸

力感的透

透月毛歲雨

柔软的坚强

一

因为它柔软，但是这种柔软并非拒绝风雨才不会被打断，而是它不畏风雨，它不但不怕风雨，还可将风雨转化成养料、智慧、慈悲，更加努力地生长。

二

生命的触动是多么必要呀！

当某种语言触动了我们的思维，那就是诗歌或者文学。

当某种颜色触动了我们的眼睛，那就是绘画。

当某种音声触动了我们的心灵，那就是音乐。

当某种传奇或故事触动了我们，那就是戏剧呀！

当某种情感触动了我们，那就是爱；当某种爱提升了我们，那就是慈悲；当某种慈悲被触动，就可以吸引我们、带领我们，走向生命圆满的归向。

三

对我而言，要过海，坐渡轮总是更有情味，人生里如果可以选择从容的心情，为什么不让自己从容一些呢？

四

微笑的人可能是在掩盖心中的伤痛，哀愁者也可能隐藏或忽略了自己的幸福，更多的时候，是忧与欢的泪水同时流下。

五

再温柔平和宁静的落雨，也有把人浸透的威力。

六

如水的心，要保持在温暖的状态才可起用，心若寒冷，则结成冰，可以割裂皮肉，甚至冻结世界；心若燥热，则化成烟气消逝，不能再觅，甚至烫伤自己，燃烧世界。

如水的心也要保持在清净与平和的状态下才能有益，若化为大洪、巨瀑、狂浪，则会在汹涌中迷失自我，乃至伤害世界。

七

有时候，在别人的面影里我们会深刻地看见自己，那时，就会勾起我们久已隐忍的哀伤。

八

我们心的柔软，可以比花瓣更美，比草原更绿，比海洋更广，比天空更无边，比云还要自在。柔软是最有力量，也是最恒常的。

九

这么多年来，我同情那些最顽劣、最可怜、最卑下、最被社会不容的人，我时常记得老师说的：在这个世界上，关怀是最有力量的。

十

心若柔软，情必缠绵。那辛苦一生，弥留多日的父亲感动着；那丧去大弟，不肯持杖的母亲感动着；那吮吸汽水，顽劣怪异的童年感动着；那"出去好像丢掉，回来像是捡到"的少年感动着。情，就是这样，或如暗涌心底的波涛砰然成泪，满怀情愫骤成江海；或如栖息芒花的光虫哗然飞起，满天星斗缀成点点；情，有时澎湃热烈，有时温婉细微，只那柔软的心，一如既往。

害怕失去才是
痛苦的根源。

丁酉岁秋月
牛大吉

苦乐心情

一

害怕失去才是痛苦的根源。

二

既然生命的苦乐都只是过程，我们何必放弃自我的思想去迎合每一个过程呢？所以，静下心来想到从前的时候，要常常想那些美好的时光，追忆那些鎏金的岁月与花样的年华，以抚平我们内心的忧伤。

三

除非我们自认是世界上最可怜的人，否则我们一定不是最可怜的人。苦乐乃是比较级的，没有了比较，苦乐就不会那么明显了。

四

苦乐非但是随着时间空间而有不同的感受，并且也是纯主观的，在这个世界上，主观地说可能有最苦的人或最苦的事件，可是在客观里，人的苦乐就没有"最"字了。

五

　　人生的忧恼，大部分是来自过去习气的牵绊，以及对未来欲望的企图。如果时刻活在现前的一境，忧恼立即得到截断。

　　我们如果过的是无烦恼的人生，必然地，我们就会过无智慧的人生。

六

　　我们生活着，为什么会感觉到恐惧、惊怖、忧伤与苦恼？那是由于我们只注视写下的字句，却忘记字是写在一条源源不断的水上。水上的草木一一排列，它们互相并不顾望，只是顺势流去。人的痛苦是前面的浮草思念着后面的浮木，后面的水泡又想看看前面的浮沤。只要我们认清字是写在水上，就能够心无挂碍，无有恐怖，远离颠倒的梦想。

七

　　活在苦中，活在乐里；活在盛放，也活在凋谢；活在烦恼，活在智慧；活在不安，也活在止息。这是面对苦难的生命最好的方法。

八

　　人生遭遇到的痛苦也像这些破报纸和稻草一样，看起来无用，却往往能保护我们的陶器不会破裂，所以，痛苦是伟大的开始，好好来享受我们的痛苦。

我们在现实生活中之所以会遭遇痛苦，正是因为无法认识心的实相，无法恒久保持温暖与平静。我们被炽烈的情绪燃烧时，就化为贪婪、嗔恨、愚痴的烟气，看不见自己的方向；我们被冷酷的情感冻结时，就凝成傲慢、怀疑、自怜的冰块，不能用来洗涤受伤的伤口了。

十

一个人在心理上不能得到解脱，往往是沉陷其中，不能自拔的结果，若愿意转一个弯，天地就自然清朗了。

所有的比較都是
一種執著

丁酉歲新月牛也

接受平凡

一

平凡者，就是平顺、安常、知足，平凡人的一生就是平安知足的一生。一个社会格局的开创固然需要很多不凡人物的创造，但一个社会能否持久安定维持文化的尊严与品格，则需要许多平凡人的默默奉献与牺牲。

二

每个人青年时代的立志，多是要做顶天立地的大丈夫，要做叱咤风云的大人物，可是到了后来才发现，其实自己也不过是社会里平凡的一分子，没能成为真正的大英雄大豪杰。但我们从更大的角度看，那些自命为大人物者，何尝不也是宇宙的一粒沙尘呢？

这并不是说我们不要立大志，而是当我们往大的志向走去时，不管成功或失败，都要知道"平凡最难"！

三

每个人的命运其实和荔枝花一样，有些人天生就没有花瓣的，只是默默地开花，默默地结果，在季节的推移中，一株荔枝没有选择地结出它的果实，而一个人也没有能力选择自己的道路吧！

四

最好看的电影，结局总是悲哀的，但那悲哀不是流泪或者号啕，只是无奈，加上一些些茫然。

五

我们增长自己的智慧，是为了自己开一朵花；我们奉献自己的心，是为世界开一朵花。

六

最难得的是，一个人在多么不平凡的情况下，还有平凡之心，知道如何走进平凡人的世界，知道这世界原是平凡者所构成，自己的不平凡是多数人安于平凡所造成的结果。

七

在喜乐的日子，风过而竹不留声。在无聊的日子，不风流处也风流。在苦恼的日子，灭却心头火自凉。在平凡的日子，有花有月有楼台。

色身虽在尘网，内心恒常清静，是自在人。自在人在生活中，是百花丛里过，片叶不沾身。

分离的神伤若雨前的黑云无边无涯地罩下，努力地压抑艰苦地想忘却，他竟毫不留情地在静脉中静静地流着。

充满了爱、浪漫、理想的心，总是带着梦幻的，以为人生的路是笔直、宽阔、平坦的，经过多年的行走，才知道路有时崎岖、偶尔凹陷，还有难以通行的宽窄！

所有的比较都是一种执着。

放下
過後更澄明

丁酉歲秋於無墨齋牛朱省

珍惜与放下

一

如果没有离别，人就不能真正珍惜相聚的时刻；如果没有离别，人间就再也没有重逢的喜悦。

二

有珍惜的心，珍惜人情，珍惜一草一木，社会，乃至世界的清明就较可期待。

三

在广大的时空中，在不可思议的因缘里，与有缘的人相会，都是一生一会的。如果有了最深刻的珍惜，纵使会者必离，当门相送，也可以稍减遗憾了。

四

生死之间这么脆弱，就像一个玻璃瓶子一般，一掉地就碎了，可是就有人用力地把瓶子往地上砸。

五

我们微笑地面对风景优美的地方，我们珍惜相遇的每一个因缘，我们清净内心的尘垢，我们提升自己走向超越……那每一个好的地方，好的心情，好的希望，都是佛堂！

六

一根汤匙，我们明知它会破，却不能存心待破，而是在未破之时真心地珍惜它，在破的时候去看清："呀，原来汤匙是泥土做的。"

七

在痛苦、悲哀、烦恼、无聊的困局之中，我们突然有所转化、超越，与领悟，就在那一刻，人生变得泼墨淋漓；就在那一刻，笔落惊风雨，一笔定江山，整个人生就金碧而辉煌了；也就在那一刻，繁华落尽见真淳，春城无处不飞花了。

活着不难，活的自在难。 死去容易，死的自甘难。活人且作死了难。

尽管大化无情，但真正纯粹的爱里，过程是比结局远为重要的，"爱别离"既是人生的必然，却很少人知道，只要完全融入地爱过，别离也就不能拘限我们了。

能观悲喜，有觉悟的心，获得与失去都是很好。不能观照，执迷于外相，得到和失去都是不幸。

没有深陷于生命的痛苦的人，无法了解解脱的重要。没有深陷于欲望的捆绑的人，不能体会自在的可贵。没有体会过悲伤的困局的人，不会知道慈悲的必要。没有在长夜漫漫中啼哭过的人，也难以在黎明有最灿烂的微笑！

青山原不動白雲自去來

丁酉歲秋月牛力

禅心似水

一

禅的伟大也在这里，它并不教导我们把屎尿看成玫瑰花，而是教我们把屎尿看成屎尿，玫瑰看成玫瑰；它既不否定卑劣的人格，也不排斥狂乱的身心，而是教导卑劣者拭擦自我的尘埃，转成清明，以及指导狂乱者回归自我，有完整的观照。

二

从落花而知大地有情，这是体会；从葬花而知无常苦空，这是觉悟；从觉悟中知道万法了不可得，应该善自珍摄，不要空来人间一回，这就是最初步的菩提了。

三

我不刻意去找一座庙朝拜，总是在路过庙的时候，忍不住地想：也许那里有着入世的青山，然后我跨步走进，期待一次新的随缘。

四

　　无明一转，就是般若；烦恼一转，即成智慧；迷执一回身，就是觉悟了。这正是六祖慧能说的：一念迷，即是众生；一念觉，即是佛。

五

　　想到佛是永远在的，佛是处处在的，在每一片叶、每一朵花、每一株草，甚至在吃冰淇淋清凉的心里。但是，拜着佛的人中，几人能知呢？

六

　　庭前的那棵长满柏树子的古柏，每一粒种子都在诉说祖师西来的消息，为什么你看不见呢？祖师西来意不存在于现象，而是存在于你的心。

七

　　学习生活里的一切，不管是武术、说故事、爱与慈悲、生命的沉定与激情，都可以做禅的学习，只要空出我们的意识之杯，与真实的生命打成一片，处处都有禅机的呀！

八

　　松树只是松树，风只是风，月光只是月光，莲花只是莲花，如是而已。

佛陀的美丽新世界到处都有，那浮在莲花瓣的露水，一指即划开土地的新笋，为阳光转动头部的野花，万里飞翔不迷途的候鸟，无心出岫的云，清澈温柔的水……

如何在世缘中活得积极自在，简单地说就是珍惜每一个小小的缘，一条萝卜使一群青虫诞生，生出一群蛱蝶，飞向广大的天空，一个小的因缘有时正是这么广大的。

佛经里说，莲花有四德：香、净、柔、可爱。其香深奥悠远、其净出泥不染是我们都知道的，但莲花从花梗、花叶、花瓣都是非常柔软，不小心珍惜，很容易断裂受损，这不也像我们的心一样，如果不细心护惜，一个人的心是很容易受伤的！但易于受伤的心，总比刚强不能调伏的心要好些。

佛经中曾经比喻过花香不是独立存在的，一朵花的香气和整枝花都有关系，用来说明一个人的完成是肉体、感觉、意识、自性、人格整体的实践，是不可分离的。一枝花如果有一部分败坏，那枝花就开不美；一个人也是一样，戒行不完满就无法散放出人格的芬芳。

十三

住在佛寺里，为了看师父早课的仪礼，清晨四点就醒来了。走出屋外，月仍在中天，但在山边极远极远的天空，有一些早起的晨曦正在云的背后，使灰云有一种透明的趣味，灰色的内部也仿佛早就织好了金橙色的衬里，好像一翻身就要金光万道了。

十四

禅者不应把禅放在生活之外，犹如剑手不应把剑术当成特别的东西。剑手在行住坐卧都可能遇到敌人的扑击，禅者也是一样，要随时面对生活、烦恼、困顿的扑击，他们表面安住不动，心中却是活泼灵醒能有所对应，那是由于"永远保留了一只眼睛看自己"呀！

十五

"什么是不畏寒热的秘方呢？"有人问。禅师说"既然无可逃避，冷时就承担你的冷，热时就享受你的热吧！"

十六

"青山元不动，白云自去乘"那时我站在对联前面才真正体会到一位得道者的胸襟，还有一座好庙是多么的庄严，他们永远是青山一般，任白云在眼前飘过。

两袖一甩，清风明月；仰天一笑，快意平生；布履一双，山河自在；我有明珠一颗，照破山河万朵……这些都是禅师的境界，我们虽不能至，心向往之。如果可以在生活中多留一些自己给自己，不要千丝万缕地被别人牵动。在觉性明朗的那一刻，或也能看见般若之花的开放。

十八

对于和尚尼姑，我一向怀有崇仰的心情，这起源于我深切知道他们原都是人间最有情的人，而他们物外的心情是由于在人世的涛浪中醒悟到情的苦难、情的酸楚、情的无知、情的怨憎，以及情所带给人无边的恼恨与不可解，于是他们避居到远远离开人情的深山海湄，成为心体两忘的隐遁者。

十九

最后，倓虚法师下了这个结论："佛法的妙处也就在这里，一念散于无量劫，无量劫摄于一念，所谓'十世古今不离当念，微尘刹土不隔毫端'。"

二十

禅心既不应该被繁茂之境转成光明灿烂，也不应该被枯干之周转成放教枯淡，当然，完全无为也不对。它是在内在里无所不能，在表现上有所不为，是不被境况转动，有如行云不被高山所阻挡，流水不被树竹妨碍，踏雪而过，了无痕迹。

在每一个静心的地方、思维的地方、专注的地方、观照的地方，禅意正在彼处。

在人生的步幅上，不是那么紧张有效的、实用利益的事物，事实上是在放松我们的心智，"放松"——舒坦坦地放在那里——有时正好是启发禅心的契机。

禅心其实就是告诉我们，人间的一切喜乐我们要看清，生命的苦难我们也该承受，因为在终极之境，喜乐是映在镜中的微笑，苦难是水面偶尔飞过的鸟影。流过空中的鸟影令人怅然，镜里的笑痕令人回味，却只是偶然的一次投影呀！

花是生前
的蝶蝶是
生前的花
戊戌藏春月
生林居士

失落遗憾

一

我深深知道，我再也看不到那一对可爱的松鼠了，因为生命的步伐已走过，冷然无情地走过。就像远天的云，它每一刻都在改变，可是永远没有一刻相同，没有一刻是恒久的。

二

有了更多的外部自我，使人有世俗化的倾向。外面愈鲜彩艳丽，内在更麻木不仁；外面愈喧腾热闹，内在更空虚寂寞；认识的人愈来愈多，情感却愈来愈冷漠……人到后来几乎是公式化地活在世上，失去了天生的感受，失去了生命的弹性。

三

因为孤独，所以要鼓舞自己的热情，要坚持自己的意志，要怀抱自己的理想。

四

看到人们貌似简单，事实上不易的生活动作时，我觉得每一个人都值得给予最大的敬意，努力生活的人们都是可敬佩的。

我们常说"这个人本性不良"或"那个人本性善良"，可是，我们常看到素性不良的人改邪归正，又常见到公认本性良善的人却堕落了，这种本性似乎是"可转""能改变"的，因此我们语言上所说的"本性"，事实上只是一种"熏习"，是习气的长期熏染而表现在外的，并不是最深刻的自我。

六

生命就是由轻薄短小的历程所组成的，所谓生命不空过，也正是去体验那小小历程中深刻的意义，体验、体验、再体验，更深入的体验，这是到彼岸的智慧之路。

七

一个人在繁华的时候，很难体验真淳的可贵，等到"繁华落尽见真淳"的时候往往已经来日无多，如何培养一种胸襟，在繁华之际便知道真淳的可贵，在不凡的时候，就认识能平凡生活实在是人生的幸福。

八

凡是生命，就会活动，一活动就有流转、有生灭，有荣枯、有盛衰，仿佛走动的马灯，在灯影迷离之中，我们体验着得与失的无常，变动与打击的苦痛。

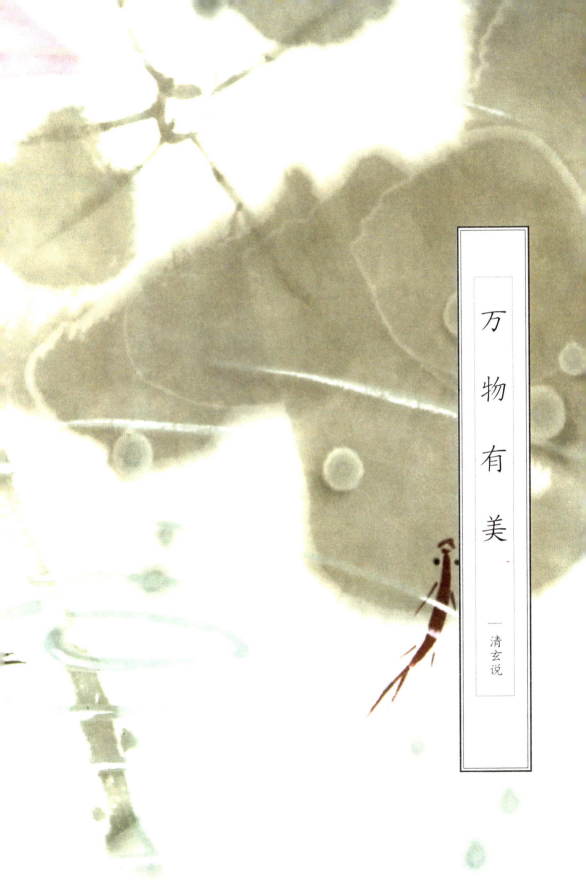

万 物 有 美

——清玄说

外觀內並音外觀莫自在觀心忘初及放時下丙申歲暮聖哲並書

美在于心

一

人也是一样，我们用心镜照映世界时，完全把一切照出是不够的，还要有美感的观照，才能把眼前的一切画面，都化成美。

二

说海是一面镜子也不见得是真实的，因为镜子没有自我，海却有一个自我，它把自己所映现的一切都转化成涌动的美感，并且不失去自我的伟大。

三

一个人如果愿意时常保有寻觅美好感觉的心，那么在事物的变迁之中，不论是生机盎然或枯落沉寂都可以看见美，那美的原不在事物，而在心灵、感觉，乃至眼睛。

好的物质条件不一定能使人成为有品味的人，而坏的物质条件也不会遮蔽人精神的清明，一个人没有钱是值得同情的，一个人一生都不知道梅花的香气一样值得悲悯。

能感受山之美的人不一定要住在山中，能体会水之媚的人不一定要住在水旁，能欣赏象牙球的人不一定要手握象牙球，只要心中有山、有水、有象牙球也就够了，因为最美的事物永远是在心中，不是在眼里。

在视觉上，垃圾纸片与白蝴蝶是一模一样，无法分辨的，我们的美的感应，与其说来自视觉，还不如说来自想象，当我们看到"白蝴蝶在海上飞"和"垃圾纸在海上飞"，不论画面或视觉是等同的，差异的是我们的想象。

其实，十五楼和十楼、五楼有什么不同呢？完全是个人的心之所受罢了，一切生活的对待都是因观点不同而产生了悲喜。

为什么悟道者爱写诗呢？原因何在？我想在最根本处是，禅学或佛教是一种美，在人生中提升美的体验，使一个人智慧有美、慈悲有美、生活有美，语默动静无一不美，那才是走向佛道之路。

镜与花，水与月本来也不相干，然而它们一相遇就生出短暂的美，我们怎么样才能使那美得以永存呢？只好靠我们的心了。

为什么黄昏会给我们这么特别的感受呢？欢喜的人看见了黄昏的优美，苦痛的人看见了黄昏的凄凉；热恋的人在黄昏下许诺誓言，失恋的人则在黄昏时看见了光明绝望的沉落。

看过夜空的流云与闪亮的流星，我总是一边散步一边思索，当我们抬起头来，看着无边天空的那一刻，我们是远离了烦恼、庸俗、苦痛的。

有音乐的人，心中遍满音声，可以从任何材料发出，不一定要用非凡的乐器。

有美感的人，心里流动颜色，可以从任何材料发出，不一定要用最昂贵的颜料。

十三

唉唉！一只真的白蝴蝶，现在就在我种的一盆紫茉莉上吸花蜜哩！你信不信？

你信！恭喜你，你是有美感的人，在人生的大海边，你会时常看见白蝴蝶飞进飞出。

你不信？也恭喜你，你是重实际的人，在人生的大海边，你会时常快步疾行，去找到纸片与蝴蝶的真相。

十四

原来，所有美的感受都要穿过心灵，愈陈愈香、愈久愈醇，就好像海岸和溪边的卵石，一切杂质都已流去，只剩下最坚实、纯净、浑圆的石心。

十五

在过去，番薯叶子对我是一种贫苦生活的象征，因为我和千千万万农家子弟一样，经历了物质匮乏的苦，所以看到番薯叶子，那些苦的生活汁液便被搅动了。可是对于我的孩子，他生命里还没有苦的概念，因此在最平凡最卑贱的番薯叶子里竟看见了孔雀一般的七彩之美，番薯叶子对他便成为一种美丽与快乐的启示了。

十六

人世间的许多事，美与苦是并生的，人不能只要美而不要苦，那么苦瓜就不能说是美丽的错误，它是人生真实的一个小影。

所有
時間裡
的
事物
都永
遠
不會
回來
了

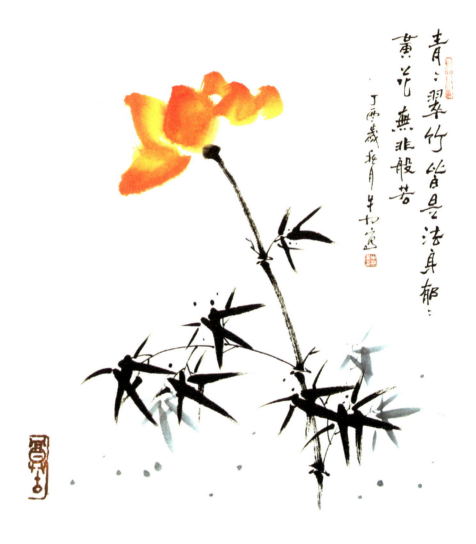

青青翠竹皆是法身郁郁
黄花無非般若

丁酉歲梅月牛十灰

自然之美

只要我们仔细观察那些在阳光雨露中快乐展开叶子的植物，感觉高大树木的精神和呼吸，体会那正含苞待开的花朵，还有在原野里随风摇动的小草，都可以让人真心地感到动容。

也唯有在完全漆黑中，我们才会发现大地即使在黑夜里也会自然发光，天空中月光星光交织，大海上波光潋滟，还有满天飞舞的萤火虫，萤火虫数量之多超过人的想象，有很多树因为停满了萤火虫，变成一棵棵"萤火树"，美极了。

我们说到海的颜色，常说海是湛蓝的、蔚蓝的、青蓝的，等等。

这种形容是不精确的，海本身并没有颜色，早晨的海是湛蓝，中午的海是淡蓝，黄昏的海是霞光万道，黑夜的海是墨色的，偶尔有星月点缀其中。其实，海只是一面镜子，反映着天空的一切颜色，所以我们注视海的时候，会看到白云从海面飘过，或灰面鹫在海面盘旋。

四

人也是一个平凡的蒿蒿的花籽，不管气候如何，不管哪里是落脚的地方，只要有生机沉埋心中，即使在陌生的土地上，也会吐芽、开花，并且结出新的花籽。

五

爱别离虽然无常，却也使我们体会到自然之心，知道无常有它的美丽，想一想，这世界上的人为什么大部分都喜欢真花，不爱塑胶花呢？因为真花会萎落，令人感到亲切。

六

我喜欢黄昏的时候，在乡间道路上开车或散步，这时可以把速度放慢，细细品味时空的一些变化。不管是时间还是空间，黄昏都是一个令人警醒的节点。在时间上，黄昏预示了一天的消失，白日在黑暗里隐遁，使我们有了被时间推迫而不能自主的悲感；在空间上，黄昏似乎使我们的空间突然缩小，我们的视野再也不能自由放怀了，那种感觉就像电影里的大远景被一下子跳接到特写一般，白天不在乎的广大世界，黄昏时成为片段的焦点——我们会看见橙红的落日、涌起的山峦、斑斓的彩霞、墨绿的山线、飘忽的树影，都有如定格一般。

八

清晨的时候沿山径散步，看到经过一夜清凉的睡眠，又被露珠做了晨浴的各种小花都醒过来微笑，感觉到那很像自己清晨无忧恼的心情。偶尔看见变种的野茉莉和山牵牛开出几株彩色的花，竟仿佛自己的胸腔被写满诗句，随呼吸在草地上落了一地。

九

清晨滚着金边的红云，是美的。

午后飘过慵懒的白云，是美的。

黄昏燃烧炽烈的晚霞，是美的。

有时散得干净的天空，也是美的。

那密密层层包裹着青天的乌云，使我们带着冷冽的醒觉，何尝不美呢？

十

苦瓜真是一种奇异的蔬菜，它是最美的和最苦的结合，这种结合恐怕是造物者"美丽的错误"。以前有一种酸酸甜甜的饮料，广告词是"初恋的滋味"，我觉得苦瓜可以说是"失恋的滋味"，恋是美的，失是苦的，可是有恋就有失，有美就有苦，如果一个人不能尝苦，那么也就不能体会到那苦中的美。

十一

　　万物的本身都有不可替代、无法定价、深刻无比的价值，此所以"森罗万象许峥嵘"，此所以"翠竹皆是法身，黄花无非般若"，此所以"溪声尽是广长舌，山色岂非清净身"……

十二

　　春日温暖的风使野百合绽放，秋天萧飒的风使菅芒花展颜，同是时空流变中美丽的定影、动人的停格，只看站在山头的人能不能全心投入、懂不懂得欣赏了。在岁月，我们走过了许多春夏秋冬；在人生，我们走过了许多冷暖炎凉。我总相信，在更深更广处，我们一定要维持着美好的心、欣赏的心，就像是春天想到百合、秋天想到芒花，永远保持着预约的希望。

心有歡喜過生活

丁酉歲稍月牛大

美好往昔

一

记忆的版图在我们的心中是真实的，它就如同照相机拍下的静照，这里有我走过的一条路，爬过的一座山；那里有我游过泳、捞过虾的河流；还有我年幼天真值得缅怀的身影。

二

我们所经验过的美好事物，其实都被卷存典藏着，一旦打开了，就从记忆中遥不可知的角落飘回来。

三

每一次听老歌，我就想起当年那些同唱一首老歌的朋友——他们的星云四散，使那些老歌更显得韵味深长。

四

当岁月的灯火都睡去的时候，有些往事仍鲜明得如同在记忆的显影液中，我们看它浮现出来，但毕竟是过去了。

五

回忆虽然可以加糖，感受的颜色却不改变，记忆的实相也不会翻转。

就像涉水过河的人，在到达彼岸的时候，此岸的经历与河面的汹涌仍然是历历在心头。

六

往事再好，也像一道柔美的伤口，它美得凄迷，却是每一段都是有伤口的。它最后连接成一条轨道，隐隐约约透露出一些规则来。社会和人不也是一样吗？成与败都是可以在过去找到一些讯息的。

七

我的青年时代，曾经跪下来嗅闻泥土的芳香，因为那芳香而落泪；曾经热烈争辩该走的方向，因为那方向而忧心难眠；曾经用生命的热血与抱负写下慷慨悲壮的诗歌，因为那诗歌燃起火把互相传递。曾经，曾经都已是昨日，而昨日是西风中凋零的碧树。

八

　　我成长的环境是艰困的，因为有母亲的爱，那艰困竟都化成甜美，母亲的爱就表达在那些看起来微不足道的食物里面；一碗冰糖芋泥其实没有什么，但即使看不到芋头，吃在口中，可以简单地分辨出那不是别的东西，而是一种无私的爱，无私的爱在困苦中是最坚强的。它纵然研磨成泥，但每一口都是滚烫的，是甜美的，在我们最初的血管里奔流。

三流的化妝是臉上的化妝二流
的化妝是精神的化妝
一流的化妝是生命的化妝

丁亥歲稽生武道

人生美意

一

　　万事万物并没有绝对的价值，而是缘于了解的深浅而显示价值的高低，唯有心灵的提升才能坚持出一种绝对的价值。有绝对价值的人，吃饭喝茶中都有深奥的境界，因为人生的奥义并不在那相对于分别的世界，而在绝对的性灵中。

二

　　事物的价值源自人心的价值，如果心的价值不被发现与确立，事物的价值也就得不到确立了。

　　了解到佛道的追求是生命完美的追求，我模仿王国维之说，凡是古今走向"觉有情"之道者，也必经三种境界：

　　第一种境界是"笑渐不闻声渐悄，多情却被无情恼"。（语出苏东坡《蝶恋花·春景》）

　　第二种境界是"我见青山多妩媚，料青山见我应如是。情与貌，略相似"。（语出辛弃疾《贺新郎》）

　　第三种境界是"千锤万凿出深山，烈火焚烧若等闲。粉骨碎身浑不怕，要留清白在人间"。（语出于谦《石灰吟》）

我们要轻轻地走路、用心地过活；我们要温和地呼吸、柔软地关怀；我们要深刻的思想、广大的慈悲：我们要爱惜一株青草、践地唯恐地痛。这些，都是修行。

　　三流的化妆是脸上的化妆，二流的化妆是精神的化妆，一流的化妆是生命的化妆。

　　青年总比中年有更大的天空，它真像刚刚出炉的青铜，敲起来铿然有声，清脆悦耳，到了中年，就不免要坐下来沉思自己身上的铜锈了。

　　看《青铜时代》与《沉思者》使我想起一句阿拉伯成语："人生包含两部分，一部分是往事，是一场梦；一部分是未来，是一点儿希望。"对刚刚起步的青年，未来的希望浓厚，对坐在椅子上沉思的中年，就大半是往事的梦了。

现代人每天几乎都会在镜子前面照见自己的面影，这张普通的日日相对的脸，都曾经扬散过青春的光与热，可怕的不是青春时的不稳，可怕的乃是青春的缓缓退去。这时，"英雄的野心"是很重要的，就是塑造自己把握时势的野心，这样过了青春，才能无怨。

世间的变迁与无常是不变的真理，随着因缘的改变而变迁，不会单独存在、不会永远存在，我们的生活有很多时候只是无明的心所映现的影子。因此，我们可以这样说，少年的我是我，因为我是从那里孕育，而少年的我也不是我，因为他已在时空中消失；正如贝壳与海的关系，我们从一粒贝壳可以想到一片海，甚至与海有关的记忆，竟然这粒贝壳是在红砖道上拾到，与海相隔那么遥远！

五

生活里的很多记忆像是一个个小小的旅店，而人像乘着一匹不停向前奔跑的驿马，每次回头，过去的事物就永远成为离自己而去的小小的旅店，所有的欢乐与悲痛，所有的沉淀与激情，甚至所有的成功与失败都在那些旅店里，到当天傍晚我们就要投宿另一个旅店了。

不管是茶是水在鄉在城，
其中都有人情的溫熱。

丁酉歲冬月牛耕玄之

生活寻美

这个世界一切的表相都不是独立自存的，一定有它深刻的内在意义，那么，改变表相最好的方法，不是在表相下功夫，一定要从内在里改革。

在我们生命的岁月里，火和爱或许是必要的，但不必要弄得自己烟尘滚滚、灰头土脸，也不必一定要悲伤和烦恼，那就像每天有黎明与日落一般，大地是坦然地承受罢了。不正常与不平衡的爱是人生最好的启蒙，就如同乌云与暴风雨是天空最好的启示一般。

细行能成万法，所以不能小看看花，不能明知而走错一步，万一走错了要赶紧忏悔回头，就像花谢还会再开！就像把坏的枝芽剪去，是为了开最美的花。

四

当我们有大觉的心，甚至体贴一朵黄玫瑰，以心印心，心心相印，我们就会知道，原来在最近、最平凡的一切里，就有最深、最奇绝的智慧！

五

我喜欢小巧的艺术品，从中就可以看出创作者伟大的心灵。

我喜欢细腻的生活态度，觉得一个人应该从平凡的生活去体会生命更深的意义。

当然，我也喜欢雄伟、厚重、气势磅礴的人或作品，只是那样的人难得，那样的作品难遇，许多自认为伟大的人，自认为厚重的作品，只是放言空论罢了。

六

故乡与爱就是最好的范本，在风与白云之间，有一群人在无限的时空中相遇，共同生活与呼吸，这就是最值得珍惜的因缘了！

七

日本茶道走到最后有两个要素，一是个微锈、一个是朴拙，都深深影响了日本的美学观，日本的金器、银器、陶瓷、漆器，甚至大到庭园、建筑都追求这样的趣味。

生活品质就是如此简单；它不是从与别人比较中来的，而是自己人格与风格求好精神的表现。

人一生能找到一个清洗心灵的地方，像龙山寺的老人茶座，概率有多大？即使能找到相同的地方，年岁也大了，心情也不同了。裤袋夹一本诗集、买一张车票跳上火车的心情恐怕也没有了。

曹溪禅海的波浪今犹在！可惜的是我们继承了茶的雪沫乳花，却很少人愿意从金黄色的流金岁月中，看看那清湛盈满的心水罢了！

宗教文化事实上是一个民族美学、灵感与创造力的泉源，这泉源来自心灵品质的提升，也可以说寺庙建筑是心的品质最直接的呈现。

我十分羡慕日本人在接到中国禅宗的棒子之后，把禅无所不在地融入生活与艺术之中，像建筑、园艺、戏剧、绘画、书法，乃至诗歌、饮茶、武艺等等，到处都是禅的影子，我们甚至可以说日本的美学就是"禅的美学"。

风跌起为风乱扇戏牛扒
中闹

雖然明天還會有新的太陽但永遠不會有今天的太陽了

丁亥桂月白十

倏然岁月

对于无情的时光，飞翔的往事，我们没有更好的态度，只有微笑地送走了。

二

我想到，岁月就像那样，我们眼睁睁地看自己的往事在面前一点一点淡去，而我们的前景反而在背后一滴一滴淡出，我们不知道下一站在何处落脚，甚至不知道后面的视野怎么样，只能走一步算一步。

三

我们的生命是由许多片刻所组成的，但是我们容易在青少年时代活在未来，在中老年时代沦陷于过去。真正融入片刻，天真无伪生活的只有童年的时代了。

时间过去的过去了，未来的尚没有来，现在的刹那间即已消逝，而且刹那又在哪里？照这样看，哪里有过去？有未来？又哪里有现在？因而无古无今，无旦无暮，时间只不过是一段无始无终连绵不断的长远罢了。

无常是时空的必然进程，它迫使我们失去年轻的、珍贵的、戴着光环的岁月，那是可感叹遗憾的心情、是无可奈何的。可是，如果无常是因为人的疏忽而留下惨痛的教训，则是可痛恨和厌憎的。

我们的生命与时间，它流失的速度是快过涌流的水喉，那洗涤脸容的清晨，虽说是预示了今天的开始，何尝不也象征昨夜已彻底地流逝了呢？

偶尔回到家里，打开水龙头要洗手，看到喷涌而出的清水，急促地流淌，突然使我站在那里，有了深深的颤动，这时我想着：水龙头流出来的好像不是水，而是时间、心情，或者是一种思绪。

有一天，我们偶遇少年游伴，发现他略有几根白发，而我们的心情也微近中年了；有一天，我们突然发现院子里的紫丁香花开了，可是一趟旅行回来，花瓣却落了满地；有一天，我们看到家前的旧屋被拆了，可是过不了多久，却盖起一栋崭新的大楼；有一天……我们终于察觉，时间的流逝和空间的转移是那么的无情和霸道，完全没有商量的余地。

记忆，乃是从前的现实；现在，则是未来的记忆。一个人若未能以自然的观点来看记忆的推移、版图的改变，就无法坦然无碍面对当下的生活。

在时光的变迁中，有些事物在增长，有些东西在消失，最可担忧的恐怕是青春不再吧！许多事物我们可以决定取舍，唯有青春不行，不管用什么方法，它都是自顾自行走。

在那时初次认识到年景的无常，人有时甚至不能安稳地过一个年，而我也认识到，只要在坏的情况下，还维持人情与信用，并且不失去伟大的愿望，那么再坏的年景也不可怕。

即使是一片茶葉的
香氣也是在天地
間尋找知味的人呀

生活雅趣

一

白鹭立雪，愚人看鹭，聪明见雪，智者观白。

二

每一朵落花，都香过、美过，与蜂蝶相会过！天地有大美，是万古文人以情写美；宇宙有宏境，是千秋骚客以情拓境，笔落诗成，怎一个"情"字了得。

三

松子最好的吃法是泡茶，烹茶时，加几粒松子在里面，松子会浮出淡淡的油脂，并生松香，使一壶茶顿时津香润滑，有高山流水之气。

四

君山银芽产于洞庭湖君山岛，在中国十大名茶里，君山银针是滋味最清雅的茶，淡如无味，韵最深长，又名老君眉、银芽、白毛尖，全由未开叶的肥芽头制成，芽尖如针，芽身挺直、色泽如银、满布白毫。

即使是一片茶叶的香气，也是在天地间寻找知味的人呀！

我愿意自己的思想浩大如天鹅之越过长空，在动荡迁徙的道路上，不失去温和与优雅的气质。

七

也要楚天阔，也要大江流，也要望不见前后，才能对月下酒。

八

如果我们在生命中曾有一个整日都融入于音乐之中，我们才会知道音乐多么美妙，才会体验生命如此难得。得其意于一刹那，才能得其意于一天，才能得意于一生、得意于永生永世。

九

蝶的诞生、花的开放，其实是一种最好的示现，示现了人生的美丽的确短暂，在我们生命中一切的美丽真的只是一瞥。一眨眼间，黄蝶飘零，春花萎落，这是人生的无常，也是宇宙的无常。花季正是花祭，蝶生旋即蝶灭，只是赏花看蝶的人很少做这样的深思，因此很少人是庄子。

+

如果画面转换，我看见一条清澈的小溪，流过溪谷，溪边有一株横长的芦苇，一只美丽的紫蜻蜓，不知从溪山的什么角落飞来，翩翩地降落在芦苇的最尖端。当时若有摄影机，一定会立刻留下美丽的影像；若有纸笔也好，可以写下刹那的情景。因为，思绪的蜻蜓是不会久留的，它像来的时候一样翩然飞去。

人生需要準備的只是昂貴
的茶頁昰
喝茶的
心情

丁亥
秋余歲
意和牛耳□張宗

茶里况味

一

茶道里有'一生一会'的说法，即我们每次与朋友对坐喝茶都应该非常珍惜，因为一生里这样的喝茶可能只有这一回，一旦过了就再也不可得了；每一次相会都是仅有的一次，与过去的、未来的任何一次都不同。有时，人的一生只为了某一个特别的相会，如果有了最深刻的珍惜，纵使会者必离，当门相送，也可以稍减遗憾了。

二

许多会喝茶的人都告诉我们，喝茶的方法、技巧、思想，及至于茶中的禅思等等。可是别人不能代我们喝茶，而喝茶到最后还原到一个单纯的动作，就是把水烧开，冲出茶汤，喝下去！

三

喝苦茶时，特别能回味蜜茶的滋味。

四

人生需要准备的，不是昂贵的茶，而是喝茶的心情。

五

一碗喉吻润，二碗破孤闷，三碗搜枯肠，唯有文字五千卷。四碗发轻汗，平生不平事，尽向毛孔散。五碗肌骨清。六碗通仙灵。七碗吃不得也，唯觉两腋习习清风生。

六

善茶之人必有五美，味之美、器之美、火之美、饮之美、境之美，茶的境界与诗情道心并无分别，境界高的人才能泡出天人合一的滋味。

七

我也时常与人对饮，最好的对饮是什么话都不说，只是轻轻地品茶；次好的是三言两语，再次好的是五言八句，说着生活的近事；末好的是九嘴十舌，言不及义；最坏的是乱说一通，道别人是非。

八

与人对饮时常令我想起，生命的境界确实是超越言句的，在有情的心灵中不需要说话，也可以互相印证。喝茶中有水深波静、流水喧喧、花红柳绿、众鸟喧哗、车水马龙种种境界。

我最喜欢的喝茶，是在寒风冷肃的冬季，夜深到众音沉默之际，独自在清静中品茗，杯小茶浓，一饮而净，两手握着已空的杯子，还感觉到茶在杯中的热度，热，迅速地传到心底。

犹如人生苍凉历尽之后，中夜观心，看见，并且感觉，少年时沸腾的热血，仍在心口。

有时候，我们喝一壶茶，知道某种联想、某种韵律是从生活的温暖与真实中泡出来的，那么不仅是茶，连人情世界都是蜜绿澄清、香醇甘怡而有独特的韵味了。

我们过于讲究茶道而喝茶，会忘记喝茶最根本的意义。喝茶第一是要解渴，第二是兴趣，第三是有好心情，第四是有好朋友来，对茶的研究反而是最末节的了。

近两年来，我常常喝生产在坪林山上的"文山包种"和沿着屏东海岸种植的"港口茶"，这两种茶都有一种"苦尽"之感，要品了几杯以后，滋味才缓缓地发散出来。最特别的是，它们有一种在沧桑苦难中冶炼过的风味，使我们喝到苦处，才逐渐地清凉。

十三

一棵茶树在天地间成长壮大，在时空中屹立久了，自然会形成一种独特的风格。这风格既不会妨碍它做一棵平常的茶树，但却有与一切茶树完全不同的芬芳。人也是如此，处于法味久了，自然形成风格。这风格不会使他异于常人，而是在人间散放了不同的芳香。

十四

茶的生熟以烘焙做判断，生是青，熟是红，青茶以鲜嫩茶芽经高温杀青，不发酵，又有蒸青绿茶、炒青绿茶、烘青绿茶、晒青绿茶之分。日本的清茶就是蒸青。龙井、碧螺春、珠茶、眉茶是炒青。信阳毛尖、六安瓜片、黄山毛峰、太平猴魁是烘青，云南、四川、贵州、广西等地茶是晒青，这些都是冷泡茶的好材料。

十五

若以时间来分，清明前数日采制的品质最佳，为明前茶，从清明日到谷雨前采制的次之，叫雨前茶，谷雨日到谷雨后五日采制，称头春茶，谷雨后六日到十日为二春茶，谷雨后第十一日到立夏日叫三春茶，立夏后摘的茶则为四春或烂青，二春之后的茶色青味苦，为行家所不喜。

十六

想到"冻顶乌龙"之所以比"乌龙"好，那是因为终年生于云雾风霜的极冻之顶，好像能令人体会茶里那冰雪的心。

如果是很好的乌龙，就不会做成人参乌龙茶；如果是最好的人参，也不必做成人参乌龙茶。所以，所谓人参乌龙茶，应该都是次级的人参掺入次等的乌龙制造的。

最好的茶不必加味，凡是加味者，都不是用最好的茶去做的。

抓一把茶叶丢在壶里，从壶口流出了金黄色的液体，喝茶的时候我突然想到：这杯茶的每一滴水，是刚刚那一把茶叶中的每一片所释放出来的。我们喝茶的人，从来不会去分辨每一片茶叶，因此常常忘记一壶茶是由一片一片的茶叶所组成。

一个会泡茶的人与一般人不同的是，不论喜怒哀乐，他在泡茶时可以完全专心地融入，因此在茶里有了一体、无心之感，风味就得到展现了。

我们应以茶叶为师，最好的茶叶，五六斤茶菁才能制成一斤茶，而每一片茶都是泡在壶里才能还原、才能温润、才有作为茶叶的生命意义；我们也是一样，要经过许多岁月的涮洗才能锻炼我们的芬芳，而且只有在奉献时，我们才有了人的温润，有生命的意义。

生命虽然无常，但并不至于太短暂，与好朋友也可能会常常对坐喝茶，但是每一次的喝茶都是仅有的一次，每一日相会都和过去、未来的任何一次不同。

一片茶叶是不求世间名誉的，这就是以清净心布施，不求功德、不求福报，只是尽心尽意贡献自己的芳香。

唐代刘贞亮把这些好处总结归纳起来，称茶有十德：以茶散郁气、以茶驱睡气、以茶养生气、以茶除病气、以茶利礼仁、以茶表敬意、 以茶尝滋味、以茶养身体、以茶可行道、以茶可养志。

我喜欢的人生态度，是工作与泡茶是同一回事，一个能在泡茶时专心的人，工作也会专心，因此，泡茶给人喝是一种很好的供养，并不是卑微的事。我喜欢小壶茶、盖碗茶、大壶茶都能泡得很好，并且有好心情去喝。摆在我们眼前的小茶壶，可以为三五知己而倾注，如果我们能尽心地去爱朋友、体贴朋友，泡起人生的这把大茶壶就容易得多了。偶尔会想起十六年前为我们泡茶的小妹妹，她现在也是中年的人了，一定也经验了一些沧桑，我想，她一定很幸福地生活着，一直有花样的微笑，因为我深信："能把茶泡得那么好喝的人，做什么都会成功的吧！"

当夜，我们便就着月光，在屋内喝松子茶，果如朋友所说的，极平凡的茶加了一些松子就不凡起来了。那种感觉就像是在遍地的绿草中突然开起优雅的小花，并且闻到那花的香气，我觉得，以松子烹茶，是最不辜负这些生长在高山上历经冰雪的松子了。

在一壶茶里，每一片茶叶都不重要，因为少了一片，仍然是一壶茶。但是，每一片茶叶也都非常重要，因为每一滴水的芬芳，都有每一片茶叶的生命本质。

在春天的夜里喝昙花茶特别有一种清香的滋味，喝进喉里，它的香气仿佛是来自天的远方，比起阳明山上白云山庄的兰花茶毫不逊色——如果兰花是王者之香，昙花就是禅者之香，充满了遥远、幽渺、神秘的气味。

乌龙还是第二道最好，涩尽甘回，带着晨曦般的颜色。

在莊子大千世界裡每一個人都應該保有一個自己的小千世界，這小千世界是可以思考神遊歡娛憂傷甚至懺悔的地方

丁酉歲冬月 林清玄

观书有感

一

文学如杯，往事似酒，杯酒风流，如梦如电，但是当我们想起那个时代的热情、真情、豪情与才情，就觉得点燃了火种，光明也就有了希望。

二

这个世界最美好的事物，都是语言文字难以形容与表现的。

三

那个逝去的年代最动人的，是文学家们都超越了名利之念，用最诚挚的心来创作，留下了一个典型，那就是：即使在现代主义最流行的时代，大家也不失去传统名士的风格。

四

我总是相信，在每个人的心中都有一处"清泉之乡"，有的人终其一生不能开发，因而无法畅饮甘泉，写作的人则是溯河而上，不断去发现自己的清泉，并且翻山越岭，把那泉水担到市街上与人共尝。

对一个爱书的人，书的受损就像农人的田地被水淹没一样，那种心情不仅是物质的损失，而是岁月与心情的伤痕。我蹲在书房里看劫后的书，突然想起年少时展读这些书册的情景——书原来也是有情的，我们可以随时在书店里购回同样内容的新书，但书的心情是永远也买不回来了。

六

"小千世界"是每个人"小小的大千"，种种的记录好像在心里烙下了血的刺青，是风雨也不能磨灭的；但是在风雨里把钟爱的书籍抛弃，我竟也有了黛玉葬花的心情。一朵花和一本书一样，它们有自己的心，只是作为俗人的我们，有时候不能体会罢了。

七

大部分人的书房里都收藏了无数伟大的心灵，这些心灵随时能来和我们会面。我们分享了那些光耀的创造，而我们的秘密还得以独享。我认为每个人居住过的地方都能表现他的性格，尤其是书房，因为书房是一个人最私密的地点，也是一个人灵魂的写照。

八

年岁越长，越觉得苏东坡"一蓑烟雨任平生""也无风雨也无晴"词意之不可得，想东坡也有"春色三分，二分尘土，一分流水。细看不是杨花，点点是离人泪"的情思；有"但愿人长久，千里共婵娟"的情愿；有"念故人老大，风流未减，空回首，烟波里"的情怨；也有"若待得君来向此，花前对酒不忍触。共粉泪，两簌簌"的情冷，可见"一蓑烟雨任平生"只是他的向往。

九

古来中国的伟大小说，只要我们留心，会发现它们几乎全包涵一个深刻的时空问题。《红楼梦》的花柳繁华温柔富贵，最后也走到时空的死角；《水浒传》的英雄豪杰重义轻生，最后下场凄凉；《三国演义》的大主题是"天下大势，分久必合，合久必分"；《金瓶梅》是色与相的梦幻散灭；《镜花缘》是水中之月，镜中之花；《聊斋志异》是神鬼怪力，全是虚空；《西厢记》是情感的失散流离；《桃花扇》更明显地道出了"眼看他起朱楼，眼看他宴宾客，眼看他楼塌了"的人事变迁。

十

一朝唐诗、一代宋词，大部分是在月下、灯烛下进行，你说奇怪不奇怪？说起来就是气氛作怪。如果是日正当中，仿佛都与情思、离愁、国仇、家恨无缘——思念故人自然是在月夜空山才有气氛，怀忧边地也只有在清风明月里才能服人，即使饮酒作乐，不在有月的晚上难道在白天吗？其实天底下最大的痛苦不是在夜里，而是在大太阳下也令人战栗，只是没有气氛，无法描摹罢了。

清玄说

249

十一

　　郑板桥留下许多兰画，他的兰画与一般画家所画不同，他常把兰花与荆棘画在一起，认为荆棘也是一样的美，用以象征君子与小人杂处的感叹。

十二

　　我站在高一百八十一公分与真人同大的《青铜时代》面前，仿佛看到自己还未起步时青春璀璨的岁月，我发现我爱《青铜时代》是因为它充满了未知的可能，它可以默默无闻，也能灿然放光；它可以渺小如一粒沙，也能高大像一座山；它可能在迈步时就跌倒，也可能走到浩浩远方；它说不定短暂，但或者也会不朽……因为，它到底只走了生命的一小段。

清玄说

250

温一壶　月光下酒

丁亥夏月　牛力画

吃中知味

一

一道做过的菜不要去重复它，第二次重新做同一道菜，我就想，怎么样改变一些佐料，或者改变一点方法，能使它吃起来不同于第一次，而且企图做得更好一点，到最后不就做得很好了吗？

二

这似乎是吃家的原则之一，你有一种东西只能选择一种吃法，不能又要喝汤又要吃肉。

三

知味不易，人生得知味之知己，是多么难呀！

四

凡是仙风道骨的动植物，是用来让我们沉思的；艳丽无方的动植物是用来观赏的；名称超绝的动植物是用来激发想象力的；一物不能二用，既有这些功能，它的肉就绝不会好吃，也吃不出个道理来。

五

　　吃好菜的时候总要把心情回到最初，好像是第一次品尝，让味蕾含苞待放，这就像和情人接吻，如果真爱那情人，不管接多少次吻都有不同的滋味，真正的吃家对待食物要像对待情人。

六

　　荷叶的滋味甚好，使人想起中国菜实是中国文化的表现，荷叶固可以入诗入画，同时也能入菜，入菜非但不会使荷叶俗去，反而提高了一道菜的境界，只是想到荷叶难求，心中未免快快。

七

　　嗜吃苦瓜还是这几年的事，也许是年纪大，经历的苦事一多，苦瓜也不以为苦了；也许是苦瓜的美，让我在吃的时候忘却了它的苦；我想最主要的原因，应该是我发现苦瓜的苦不是涩苦、不是俗苦，而是在苦中自有一种甘味，好像人到中年怀想起少年时代惆怅的往事，苦乐相杂，难以析辨。

八

　　苦瓜有很多种吃法，我最喜欢的一种是江浙馆子里的"苦瓜生吃"，把苦瓜切成透明的薄片，沾着酱油、醋和蒜末调成的酱，很奇怪，苦瓜生吃起来是不苦的，而是又香又脆，在满桌的油腻中，它独树一帜，没有一道菜比得上。

九

　　一杯在我们手中看起来不怎么样的蜜茶，是许多蜜蜂历经千辛万苦才采集得来，我们一口饮尽。一杯蜜茶，正如饮下了几只蜜蜂的精魂。蜜蜂是一种奇怪的动物，它飞来飞去，历遍整座山头、整个草原，搜集了花的精华，一丝一丝酝酿，很可能一只蜜蜂的一生只能酿成一杯我们喝一口的蜜茶吧！

十

　　为什么我也觉得青莲雾没有以前的好吃呢？原因可能是嘴刁了，水果被不断改良的结果，使我们的野心欲望增强，不能习惯原始的水果（土生的芭乐、芒果、杨桃、桃李不都是相同的命运吗？）。另一个原因是在记忆河流的彼端，经过美化，连从前的酸莲雾也变甜了。

大有大的輝煌小有
小的精微 丁酉歲秋月牛三

花有美

一

凡香气极盛的花，桂花、玉兰花、夜来香、含笑花、水姜花、月桃花、百合花、栀子花、七里香，都是白色，即使有颜色也是非常素淡，而且它们开放的时候常是成群结队的，热闹纷繁。那些颜色艳丽的花，则都是孤芳自赏，每一枝只开出一朵，也吝惜着香气一般，很少有香味的。

二

桂花的香味很清淡，但飘得很远，我每天回家，刚走到阶梯口，就远远闻到那淡淡的香气，还常常飘到屋里来。桂花香是所有的花最好的香，它淡雅而深远，不像有的花香浓烈而肤浅。

三

盛夏的时候，山下的七里香也开得丰富。那种香真是能飘扬七里外，可是只宜于远赏不适合近闻，距离一近就浓得呛鼻，香得人手足无措。还有，我园子里有两株昙花，开放的时候也有香气，是一种淡淡的奶香，可惜只能凑近地闻，站开一步则渺无气息了。

四

我是个爱花的人，花开在泥土上是一种极好的注解，它的姿形那么鲜活，颜色那么丰富，有时还能散放出各种引人的馨香，但是世上没有长久的花。

五

我把百合插在花瓶里，晚上的时候一个人静静地看那纯白的盛放的花朵，百合的喇叭形状仿佛在吹奏音乐一样，野百合的芳香最盛，特别是夜里心情沉静的时候，香气随着音乐在屋里流淌。

六

花香里以莲香最为第一，虽然我也喜欢别的花香，但如果仔细品过莲花的香气就会知道，唯有莲花的香气可以与我们的心灵等高，或者说，唯有莲花才能使我们从尘世的梦中之梦，闻到一些超尘的声息，甚而悟到身外之身。

七

初开的有初开的美，盛放的有盛放的美，即使那将残未谢的，也说不出有一种温柔而凄清的美丽。

有时候季节不对，莲花不开，也觉得莲叶有莲叶的清俊，莲蓬也有莲蓬的古朴。

八

春天的酢浆花开得真是繁盛，我们很快就采满一大束，回到家插在花瓶里，好像把一整座山的美丽与春天全带了回来，连孩子都说："从来没有看过这样美的花。"

来访的朋友也全部被酢浆花所惊艳，因为在我们的经验里几乎不能想象，一大束酢浆花之美可以冠绝一切花，这真是"乱头粗服，不掩国色"了。

酢浆花使我想起一位朋友的座右铭：在这个时代里，每个人都像百货公司的化妆品，你的定价能多高，你的价值就有多高。

九

当布袋莲全面开花时，仍然有慑人的美，如沉浸在紫蓝色的梦境，但大家都感到厌烦了，甚至期待着台风或大水把它冲走。

布袋莲带给我的启示是：美丽不可以嚣张，过度的美丽使人厌腻，如同百货公司的化妆品专柜一样。

十

夏天荷花盛开时，是美的。荷花未开时，何尝不美呢？所有的荷叶还带嫩稚的青春。秋季的荷花，在落雨的风中，回忆自己一季的辉煌，也有沉静之美。到冬天的时候已经没有荷花，仍然看得见美，冬天的冷肃让我们有期待的心，期待使我们处在空茫中也能见到未来之美。

十 一

昙花是不能近看的，它适合远观，近看的昙花只是昙花，一种炫目的美丽，远观的昙花就不同了，它像是池里的睡莲在夜间醒来，一步一步走到人们的前庭后院，而且这些挺立在池中的睡莲都一起爬到昙花枝上，弯下腰，吐露出白色的芬芳。

十 二

莲花其实就是荷花，在还没有开花前叫"荷"，开花结果后就叫"莲"。我总觉得两种名称有不同的意义：荷花的感觉天真纯情，好像一个洁净无瑕的少女，莲花则宝相庄严，仿佛是即将生产的少妇。荷花是宜于观赏的，是诗人和艺术家的朋友；莲花带了一点生活的辛酸，是种莲人生活的依靠。想起多年来我对莲花的无知，只喜欢在远远的高处看莲、想莲，却从来没有走进真正的莲花世界，看莲田背后生活的悲欢，不禁感到愧疚。

十 三

在山里的花，我最喜欢的就是百合了。从前家住山上，有四种花是遍地蔓生的，除了百合，还有野姜花、月桃、牵牛花。野姜花的香气太艳，月桃花没有香气，牵牛花则朝开暮谢，过于软弱，只有百合是色香俱足，而且在大风的野地里也不会被摧折，花期又长。

一棵美丽的牵牛花开在竹篱笆上，牵牛花轻快欢欣地在风中飞扬，要把生命的光彩在一天开尽，可是如果没有竹篱笆呢？美丽的牵牛花就没有依附的所在。

十四

至于可爱，我们有时会觉得兰花俗艳不堪、姜花野性难驯、玫瑰梦幻不实、百合过于吵闹，莲花却没有可挑剔的地方，一株莲花和一群莲花一样，都有宁静、清雅、尊贵、和谐的品质。这世上香花不美、美花不香颇令人感到遗憾，唯有莲花香美俱足，它的香令人清明，它的美使人谦卑。

十五

我的家里虽然种植了许多观叶植物，我却独独偏爱木板屋后面的那片常春藤。无事的黄昏，我在附近散步，总要转折到巷口去看那棵常春藤，有时看得发痴，隔不了几天去看，就发现它完全长成不同的姿势，每个姿势都美到极点。

十六

花是前生的蝶，蝶是今生的花，它们相约在春天，一起寻访生命的记忆。蝶与花看起来是多么相似，一只蝶专注地吸食花蜜时，比花更艳静得像花；一朵花在晨风中摇动时，比蝶更翻飞得像蝶。

十七

今年的野百合花期已过，剩下的都是温室种植的百合了，这样一想，眼前这一盆百合使我生起一种深切的感怀，它是在预告一个春天的结束，用它的白来告白，用它的香来宣示，用它的形状来吹奏，我们在山坡地那无忧的生活也随百合的记忆流得远了。

趣味的白天和大家分享

心酸的午夜時獨

自細上地品嚐 丁酉歲秋月

枝草卅 燕墨希生于此

花有情

一

长大一点，我更知道了连花草树木都与人有情感、有因缘，为花草树木伤春悲秋，欢喜或忧伤是极自然的事，能在欢喜或悲伤时，对境有所体会观照，正是一种觉悟。

二

一朵昙花只开三小时，但人人记得它的美，一片野花开了一生，却没有人知道它们，宁可做清夜里教人等待的昙花，不要做白日寂寞死去的野花。

三

这些百合开在深山里是很孤独的，唯其有人欣赏，它的美和它的香才增显了存在的意义；再好的花开在山里，如果没有被人望见就谢去，便减损了它的美。

四

马鞍藤被看成是轻贱的花，顺着自然生长或凋落，绝没有人会采摘；马蹄兰则被看成是珍贵的被宠爱着，而它最大的用途是用在丧礼上，被看成是无常的象征。

人生，有时像马鞍藤与马蹄兰一样，会陷入两难之境，不过现代人的选择越来越少，很少人能选择马鞍藤的生活，只好做温室的马蹄兰。

五

在每年樱花盛开的时候，我都会感到恋恋不舍，隔个两三天总会到山上与樱花见面。

我喜欢在樱花林中散步，踩过满地的落英。这人间是多么繁华呀！人间的繁华又是多么容易凋落呀！樱花给我的启示是，不管时间是多么短暂，都要把一切的生命用来开放，如果盛放的时刻是美的，凋落时尽管无声，也会留下美的痕迹。

六

樱花是一种特别的花，有点像流浪者的爱情，速开速谢。每天清晨，他们走到樱花树下，因为一夜的风，满地已经铺着樱花失散了枝干的魂，若有轻微的风，那些樱花的魂魄就在地上轻轻舞动，有一种告别的姿势。

七

在过去的岁月中，我经常到荷花池去散步，每次到植物园看荷花，我总是注意到荷花的丰姿，花在季节里的生灭，觉得荷花实在是很性感的植物。有人说它清纯，那是只注意到荷花开得正盛的时候，没有看到它从花苞到盛放甚至到结出莲蓬的过程。在它一张一闭之间，冬天就到了。

八

如果说荷花是一首惊艳的诗，柳树好像诗里最悠长的一个短句，给秋天作了很好的结论。

九

花的开放，是它自己的力量在因缘里的自然展现，它蓄积自己的力量，使自己饱满，然后爆破，有如阳光在清晨穿破了乌云。

花开是一种有情，是一种内在生命的完成，这是多么亲切呀！使我想起，我们也应该蓄积、饱满、开放，永远追求自我的完成。

十

昙花的另一个名字叫"忘情花"，忘情就是"寂焉不动情，若遗忘之者"，也就是《晋书》中说的"圣人忘情"。在缤纷灿烂的花世界里，"忘情花"不知是哪一位高人的命名，它为昙花的一生下了一个注解，昙花好像是一个隐者，举世滔滔中，昙花固守了自己的情，将一生的精华在一夜间吐放，它美得那么鲜明，那么短暂。因为鲜明，所以动人；因为短暂，才叫人难忘。当它死了之后，我们喝着用它煎熬成的昙花茶时，在昙花，它是忘情了，对我们，却把昙花遗忘的情喝进腹中，在腹中慢慢地酝酿。

当我们面对人间的一朵好花，心里有美、有香、有平静、有种种动人的质地，会使我们有更洁净的心灵来面对人生。

让我们看待自己如一枝花吧！香给这世界看，如果世界不能欣赏我们，我们也要沉静庄严地开放，倾听土地的呼唤，深情地注视人间！

我不是很喜欢兰花，因为感觉到它已沦为富者的玩物，但一想到山间林野的兰花丛时，就格外感知了为什么古来中国文人常把兰花当成知己的缘由。名士与名兰往往会沦为官富人家酬酢的玩物，尽管性格高旷，玉洁冰清，也只能在盆里吐放香气，这样想起来就觉得有无限的悲情。

花虽是有形之物，却往往是无形的象征，莲之清净、梅之坚贞、兰之高贵、菊之傲骨、牡丹之富贵、百合之闲逸，乃至玫瑰的爱情、康乃馨的母爱都是高洁而不能以金钱衡量的。

如果我们能以微细的心去体会，就会知道植物的欢喜或忧伤真是这样的，白天人多的时候，我感觉到荷花的生命之美受到了抑制，噪乱的人声使它们沉默了。一到夜晚，尤其是深夜，大部分人都走光，只留下三两对情侣，这时独自静静坐在荷花池畔，就能听见众荷花从沉寂的夜中喧哗起来，使无人的荷花池，比有人的荷花池还要热闹。

十五

对于一朵花和对于宇宙一样，我们都充满了问号，因为我们不知它的力量与秩序是明确来自何处。

十六

每一朵花都是安静地来到这个世界，又沉默离开，若我们倾听，在安静中仿佛有深思，而在沉默里也有美丽的雄辩。

十七

花的盛放是那么美丽，但凋落时也有一种难言之美，在清冷的寒夜，我坐在案前，看到花瓣纷纷落下，无声地辞枝，以一种优雅的姿势飘散，安静地俯在桌边，那颤抖离枝的花瓣时而给我是一瓣耳朵的错觉，仿佛在倾听着远处土地的呼唤，闻着它熟悉的田园声息。那还留在枝上的花则是眼睛一样，努力张开，深情地看着人间，那深情的最后一瞥真是令人惆怅。

十八

这世界，每一朵花的兴谢虽有长短之分，却无断灭之别。每一朵花都是因缘所生，在因缘中灭去，是明明白白的，人力所不能为的。

十九

我们不能深思，不能观照，因而在寻花、觅蝶的过程，心总是霸道的。我们既不怜香，也不能惜蝶，只是在人生中匆匆赶集，走着无明刚强的道路，蝶飞走的时候，再也没有人去溪谷，花凋零的时刻，再也无人上山了。

二十

木棉落下的声音比任何花都大，啪嗒作响，有时真能震动人的心灵。尤其是在都市比较寂静的正午时分，可以非常清晰地听见一朵木棉离枝、破风、落地的响声，如果心地足够沉静，连它落下滚动的声息都明晰可闻。

二十一

佛经里常以莲花喻人，若我们以细行观莲花，一朵莲花的香不是花瓣香，或花蕊香，或花茎香，或花根香，而是整株花都香，如果莲花上有一部分是臭秽的，就不能开出清净香洁的莲花了。所以有人把戒德称为"戒香"，只有一个人在小节小行上守清规，才能使人放出人格的馨香，注意规范的本身就是一种香洁的行为。

二十二

花若相似，香不必远流。海风中的天人菊难得一见，烈日下的马鞍藤顽强攀爬，遍生的酢浆花粗服不称奇，湖畔的布袋莲淡美不嚣张。那经霜的篱菊入词，不懂澎湖无人岛的空绝；那温室的马蹄兰无常，只成葬礼丧仪上的簇拥。花常因繁盛而失色，多因丛生而见弃，物以稀为贵，错会了多少可堪吟咏的万象。

没有当下就没有安歇，没有安歇就没有美

丁酉岁癸卯月牛十方

花与人

一

在人世里，我们时常遇到花一样的人，他们把一生的运势聚结在一刻里散放，有让人不可逼视的光芒，可是却很快消逝了，尤其是一些艺术家，年轻的时候已经光芒四射，可是岁月一过，野风一吹就无形迹了。

二

反而是那些长期默默地挺着枝干的柳树，在花都落尽了、新的花还没有开起的时刻，本来睡在一侧的柳树就显得特别翠绿。有时目中的景物没有特别的意义，只是透过人的眼，人的慧心，事物才能展现它的不凡。

三

一个人本来自然活在世间，没有什么欲望，但当他过惯了娇贵的生活，就如同生在盆里的兰花，会失去很多自由，失去很多知己，所以人宁可像野生的兰花，活在巨石之缝、高山之顶、幽谷深处与烟霞做伴。

四

纯美的事物有时能激发人的力量，有时却也使人软弱。美如果没有别的力量支撑，就是无力的，荷花和杨柳就是这样的关系。

我愈来愈觉得，我们的社会会向着花一样、燃烧的方向走去，物质生活日渐丰盛，文明变成形式，人们沉浸在物欲的享受里，在那样的世界，人人争着要当荷花，谁肯做杨柳、谁肯做手中的树枝和沙土呢？

五

从前一直以为兰花是天生的娇贵，它要用特别的盆子，要小心翼翼地照顾，价钱还十分地高昂，因此平常人家种盆栽，很少想到养兰花。现在知道兰花原是深山中生长的花草，心中反倒有一些怅然，我们对兰花娇贵的认知，何尝不是一种知识的执着呢？

六

采莲的时间是清晨太阳刚出来或者黄昏日头要落山的时分，一个个采莲人背起了竹篓，带上了斗笠，涉入浅浅的泥巴里，把已经成熟的莲蓬一朵朵摘下来，放在竹篓里。采回来的莲蓬先挖出里面的莲子，莲子外面有一层粗壳，要用小刀一粒一粒剥开，晶莹洁白的莲子就滚了一地。

七

我站在莲田上，看日光照射着莲田，想起"留得残荷听雨声"恐怕是莲民难以享受的境界，因为荷残的时候，他们又要下种了。田中的莲叶坐着结成一片，站着也叠成一片，在田里交缠不清。我们用一些空虚清灵的诗歌来歌颂莲叶何田田的美，永远也不及种莲的人用他们的岁月和血汗在莲叶上写诗吧！

八

一年之中若是没有一些纯然看花的日子，生命就会失落自然送给我们的珍贵礼物。

九

阳明山每年的花季，对许多人来说因为是一场朝圣之旅，不只向外歌颂大化之美，也是在向内寻找逐渐淹没的心灵圣殿，企图拨开迷雾，看自己内心那朵枯萎中的花朵。花季的赶集因此成形，是以外在之花勾起心灵之花，以阳春的喜悦来抚平生活的苦恼，以七彩的色泽来弥补灰白的人生。

十

紫茉莉是乡间最平凡的野花，它们整片整片地丛生着，貌不惊人，在万绿中却别有一番姿色。在乡间，紫茉莉的名字是"煮饭花"，因为它在有露珠的早晨，或者白日中天的正午，或者是星满天空的黑夜都紧紧闭着；只有一段短短的时间开放，就是在黄昏夕阳将下的时候，农家结束了一天的劳作，炊烟袅袅升起的时候，才像突然舒解了满怀的心事，快乐地开放出来。

十一

在睡莲池边、在荷花池畔，不论白日黑夜都有情侣谈心，他们以赏荷为名来互相欣赏对方心里的荷花开放。我看见了，情侣自己的心里就开着一个荷花池，在温柔时沉静，在激情时喧哗；至始知道，荷花开在池中，也开在心里。如果看见情侣在池畔争吵，就让人感觉他们的荷花已经开到秋天，即将留得残荷听雨声了。

十二

"花都谢了，还有什么可看的呢？"朋友疑惑地说。

"看无常呀！"

无常，才是花开花谢，是蝶生蝶灭最惊人的预示！

无常，也才是人世、山林、浊世、净土中最真实的风景。

十三

会看花的人，就会看云、看月、看星辰，并且在人世中的一切看到智慧。

我也願學習蝴蝶一再的
蛻變一再的祝願
既不思慮也不彷徨
既不回顧也不
憂傷

生命的质感

一

我们谁不是站立在某一个界限上呢？很少有人是全然的，从左边看也许是枯叶，右边看却是蝴蝶；飞翔时是一只蝴蝶，落地时却是枯叶。

在飞舞与飘落之间，在绚丽与平淡之间，在跃动与平静之间，大部分人为了保命，压抑、隐藏、包覆、遮掩了内在美丽的蝴蝶，拟态为一片枯叶。

最后时刻来临，众人走过森林，只见枯叶满地，无人看见蝴蝶。

二

秋天的时候，我们就爬到山上去捡蝉壳。透明的蝉壳黏挂在野生的相思树上，有时候挂得真像初生不久的葡萄。

三

我也愿学习蝴蝶，一再的蜕变，一再的祝愿，既不思虑，也不彷徨；既不回顾，也不忧伤。

四

松子是小得不能再小的东西，但是有时候，极微小的东西也可以做情绪的大主宰，诗人在月夜的空山听到微不可辨的松子落声，会想起远方未眠的朋友，我们对月喝松子茶也可以说是独尝异味，尘俗为之解脱，我们一向在快乐的时候觉得日子太短，在忧烦的时候又觉得日子过得太长，完全是因为我们不能把握像松子一样存在我们生活四周的小东西。

五

人自命是世界的主宰，但是人并非这个世界唯一的主人。就以经常遍照的日月来说，太阳给了万物的生机和力量，并不单给人们照耀；而在月光温柔的怀抱里，虫鸟鸣唱，不让人在月下独享，即使是一粒小小松子，也是吸取了日月精华而生，我们虽然能将它烹茶，下锅，但不表示我们比松子高贵。

六

灵魂是一面随风招展的旗子，人永远不要忽视身边事物，因为它也许正可以飘动你心中的那面旗，即使是小如松子。

七

我曾在一个开满凤凰花的城市住了三年，今天看到一棵凤凰花开，好像唱着歌一样，使我的眼耳鼻舌身意都洋溢着少年时代的欢喜。

清玄说

八

一粒麦子与一堆干草之间的区别，没有人认识，但是它们彼此互相认识。干草为了发出麦子的金黄而死去，麦子却为了人的口腹而死去，其中有时真没有什么区别。

九

晨曦从窗外流进来的时候，木棉花已经完全枯萎了，他想起这两朵木棉花如果在南方的故乡，会长成棉果，在四边飘飞棉絮；如果遇到肥沃的土地，会生长出新的木棉树，这些，她永远不会懂。

来去皆偶然　志是必然

丁酉岁稍月　牛十

生活杂感

一

最好的棋手一定在下棋时有一种超乎自然的感性，在对峙中他不浮动焦急，局势不论好坏，他都保持泰然自若的态度；人生的棋也是如此，不被胜负所动，自然不会沉迷或波动了。

二

对于一根汤匙，一旦破了就一点用处也没有了，就好像爱情一样，破碎便难以缝补，但是，曾经宝爱的东西总会有一点不舍的心情。

三

在雪中清醒的孤独，总比在人群中热闹的寂寞与迷惑要好些。

雪，冷而清明，纯净优美，念念不住，在某一个层面上，像极了我们的心。

四

只要真正地面对过阳光，人就不会觉得自己是神，是万物之主宰。只要晒过太阳，也会知道，冬天里的阳光虽向着我们，但走远了，夏天则又逼近。不管什么时刻，我们都触及了它的存在。

五

水有许许多多的源头，水的本质只有一种。
千江有水都映着月亮，天上的月亮只有一轮。

六

一个字，就足以显示个人生命与万有空间的庄严。
一朵花，就足以显示整个春天的美丽。
一角日光，就足以显示宇宙的温暖与辉煌。
一片落叶，就足以显示秋天飞舞着的萧瑟。
一瓣白雪，就足以显示了，大约在冬季的一切信息呀！

七

我们要知道雪，只有自己到有雪的国度。
我们要听黄莺的歌声，就要坐到有黄莺的树下。
我们要闻夜来香的清气，只有夜晚走到有花的庭院。

八

那些写着最热烈优美的情书的，不一定是最爱我们的人；那些陪我们喝酒吃肉搭肩拍胸的，不一定是真朋友；那些嘴里说着仁义道德的，不一定有人格的馨香；那些签了约的字据呀，也有背弃与撕毁的时候！

九

黑白电影拍得好绝对不会比色彩缤纷的电影逊色，因为其中有人性，还有人文精神。在人性里面，色彩显得多么无告呀！

十

我们在看人下棋时，总是看到高超奥妙的棋路，但是一旦我们自己下棋，往往在焦虑的苦思里还走出荒疏的步数。那是由于我们旁观时不执着胜负，甚至不执着于棋，所以能冷静清澈地判断局面。

十一

百货公司彻底的打折，是一种季节的预告，也是一种欲望的牵引，其实我们冬季的衣服已经够穿，而今年再也没有机会穿，却因为打折，满足了我们对明年的冬季有一种欲望的期待，许多人因此花很便宜的价钱买下要封存整季（或者更久）的服装。表面上看来，或者今年的冬天不必再添置新装，但到了冬天，我们又会有新的欲望、新的渴求，也因此，打折是永不休止的。

十二

人间照夜的灯火，是来自红炉中雪融的时刻。让我们以一种泰然欣赏的态度走过打折的市招，让我们知道生命的真实之道，是如实知见自己的心，没有折扣！

十三

水可以用任何状态存在于世界，不管它被装在任何容器里，都会与容器和谐统一；但它不会因容器是方的就变成方的，它无须争辩，却永远不损伤自己的本质，永远可以回归到无碍的状态。心若能持平，清净如水，装在圆的或方的容器，甚至在溪河大海之中，又有什么损伤呢？

十四

当我们看到毛虫的时候，可以说我们的内心有一种期许，期许它不要一辈子都那样子踽踽独行，而有化蝶飞去的一天。当我们看到毛虫的时候，内心里也多少有一些自况，梦想着能有美丽飞翔的一天。

十五

我喜欢那样的感觉——有人敲车窗卖给你一串花，而后天涯相错，好像走过一条乡村的道路，沿路都是花香鸟语。

十六

　　笑是永恒的，就像波浪推动，而海洋不变；生命是永恒的，就像演员下台了，戏剧仍在进行；大化是永恒的，花开花落，树却不会枯萎。

图书在版编目（CIP）数据

清玄说：换个角度看生活 / 林清玄著. -- 南京：江
苏凤凰文艺出版社，2018.10（2019.2重印）

ISBN 978-7-5594-2595-9

Ⅰ.①清… Ⅱ.①林… Ⅲ.①散文集 – 中国 – 当代
Ⅳ.①I267

中国版本图书馆CIP数据核字（2018）第172692号

书　　　　名	清玄说：换个角度看生活	
作　　　　者	林清玄	
责 任 编 辑	邹晓燕　黄孝阳	
出 版 发 行	江苏凤凰文艺出版社	
出版社地址	南京市中央路165号，邮编：210009	
出版社网址	http://www.jswenyi.com	
发　　　　行	北京时代华语国际传媒股份有限公司　010-83670231	
印　　　　刷	北京盛通印刷股份有限公司	
开　　　　本	690×980 毫米　1/16	
印　　　　张	18	
字　　　　数	200 千字	
版　　　　次	2018 年 10 月第 1 版　2019 年 2 月第 2 次印刷	
标 准 书 号	ISBN　978-7-5594-2595-9	
定　　　　价	49.80 元	

（江苏文艺版图书凡印刷、装订错误可随时向承印厂调换）